1
坐我隔壁的
前偶像，
要是沒我的企畫
就無法
過日常生活
「欸——
可以把我變成
『普通的女孩子』嗎？」

「美瑠可是個遊戲狂唷。
可是我當偶像時沒有對人說過，
而且我也沒朋友，
所以一直都是獨行玩家呢。
如何？對我幻滅了嗎？」
「沒啊。只是單純覺得
很羨慕妳而已。」

「這樣啊。你就是這樣的人呢……」
香澄美瑠
前偶像
超人氣偶像團體cider×cider
「前任」C位。
天才級藝人，但對日常生活的
適應力為零。

「抱歉抱歉！
剛才的工作拖到時間，
不小心遲到了。」
白樺冬華
現役偶像
偶像團體cider×cider的
人氣團員之一，蓮的青梅竹馬。
也是把美瑠託付給蓮照顧的人。

「聽好了，本來米露菲
可是不能跟我們這種凡人
扯上關係的，明白嗎？」
久遠琴乃
隱性偶像宅
蓮的同班同學，國中時期就曾同班。
在班上是模範優等生，實際上卻是狂熱追星族。

香澄美瑠

Miru Kasumi

概要

香澄美瑠是日本的偶像、女演員、
時尚模特兒。
cider×cider的不動C位，東京
現年十六歲，血型AB型
身高一百五十三公

來歷

十二歲時，自
返家的路上被
成為cider×cide 練生
並在**十三歲那年被**
該團體史上最年輕成
十四歲時首度站上C位
父親是服飾公司老闆，母
綽號為米露菲。
口頭禪是「最喜歡〇〇
由她站C位的曲子，
每首都創下銷售百萬張的
握手會的**平均排隊時間**
超過**七小時**。
然而她在東京巨蛋成功舉辦了
單獨演出後，卻在人氣當紅之際
宣布：「想當個普通的女孩。」
而從cider×cider畢業。

坐我隔壁的前偶像，
要是沒我的企畫
就無法過日常生活
1
Author
飴月
Illustrator
美和野らぐ
Kadokawa Fantastic Novels

彩頁、內文插畫／美和野らぐ

CONTENTS

——我總是在找尋著什麼。

找尋著讓我熱衷的某物。

找尋著讓我認真的某事。

找尋著能讓我獻上一切，喜歡得無法自拔的某人。

「哎呀，這不是蓮嗎？你在幹嘛？」

三月即將結束。春日特有的陽光，是那麼地溫暖又讓人昏昏欲睡。我沐浴在陽光下，走在飛舞的櫻花中，前往住家附近的便利商店。此時一道聲音傳來，來自我熟識的臉孔。

對方是去年和我同班的田所，有著一頭偏亮色系的頭髮，髮色深度勉強能辯稱自己沒有染頭髮。

看他穿著籃球社的運動服，應該是剛結束社團活動，正要回家吧。

由於我家位處就讀的高中附近，經常會在路上撞見同學。

「啊～～我現在想要去買冰吃。你呢？」

此時另一道聲音打斷了田所的回應，也是我熟悉的嗓音。

「田所～～！你買個東西是要花多久……咦？這不是蓮同學嗎！」

「欸欸欸，該不會是要來當卡拉ＯＫ大會的神祕嘉賓吧？田所，你居然會邀請蓮，我對你刮目相看了！」

「不是啦，我只是剛好在路上遇到他而已。」

跟著田所走進便利商店的一男三女我也認識，這下去年班上經常混在一起的嗨咖們就全員到齊了。

「你們現在要去唱卡拉ＯＫ？」

「對啊，今天要來去夜唱～！」

「我們本來打算把春假的作業消化掉，但是根本靜不下心來寫嘛！」

「蓮同學，你來唸唸這群蠢貨啦。你應該已經寫完了吧～？」

「……嗯，寫是寫完了。」

「嘎～？你昨天不是才跟我打籃球嗎！什麼時候寫的啊？」

看來時間的流動並不同等嘛。田所如是說。而此時「叩！」教訓田所的人，是這群人裡相較之下形象比較正經的舞菜。

其他人都稍微染了頭髮（不至於被老師盯上的程度），舞菜則是紮起包包頭，巧妙地隱藏她的內餡染，若無其事地上學……我錯了，她是個正統派的辣妹。

「學年前十名的優等生就是不一樣耶～！一樣是籃球社，田所跟人家也差太多了……」

「不，我是回家社的。」

「沒錯沒錯，他是被找來助陣的啦。蓮什麼運動都會，是我們體育類社團的重寶唷！今後也拜託您多多相助啦！」

「看你笑成這樣，還真的打算都拜託人家喔？哎～雖然怎樣都無所謂啦。對了！欸，蓮同學，你等一下有空嗎？」

……我突然有種不祥的預感。

他們該不會又要說什麼「我們請你唱歌，你教我們寫作業吧」之類的吧？

我倒也不是不樂意教，但我今天的計畫是一邊曬太陽，一邊品嘗買到的新上市冰品——剛剛定的。

「不了，我的行程表已經滿得不能再滿了……雖然我也很想和你們玩，但是之後有些事要忙……」

「吹牛。好啦，我們要把你帶走。」

「讚啦！蓮要參加了！」

「贊成～蓮同學唱歌一定很好聽。」

這群人怎麼這麼團結啦！

我用眼神向還能溝通的舞菜求救，結果她居然笑著搖了搖頭。

怎麼會這樣……此時我的心情，就跟多娜多娜（註：描述一頭牛被載往市場宰殺時情境的猶太戲劇歌曲）歌詞裡的那頭小牛一樣。

「啊，對了，我的偶像近期要開演唱會了，我想去買票。你們能等我一下嗎？」

「ＯＫ。舞菜妳真的很喜歡她耶～」

「你喜歡的那個……我記得是遊戲角色？」

「不！是！啦～！是ＶＴｕｂｅｒ！蓮，我不是給你看過影片了嗎？」

舞菜以畫有亮粉眼影的大眼睛直勾勾地盯著我。

糟糕，完全想不起來。她傳教給我的ＶＴｕｂｅｒ實在太多了，不知道她到底在講誰。

「……是上傳玩畫畫接龍影片的那個女生嗎？」

「哎唷！不是只有玩那個啦！她的節目就是有趣在跟觀眾們的互動上啊！真是的～～推薦什麼給你都沒興趣，真的很無聊耶。」

「還不都是因為妳不停地推薦新的ＶＴｕｂｅｒ給我。」

「才不是咧。就是因為推薦什麼給你都沒興趣，人家才會接二連三地推薦新東西給你呀。」

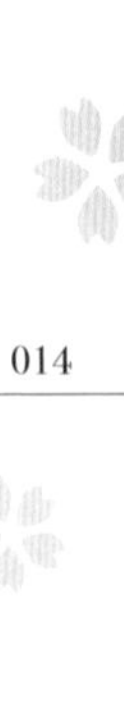

「沒錯沒錯，我也是一直邀請蓮來打球，但他怎樣都不肯進籃球社啊。」

兩人不經意的一番話，讓我的心臟突然大力地跳動了一下。

「跟你們說呀～VTuber真的很讚唷，超級讚。特別是作品上架得很快這點……！」

「籃球也很讚喔。不過春假集訓是真的有點煩啦～要集訓的話，至少讓我們免除春假作業嘛……」

即便大家都對舞菜露出難以共鳴的表情，她依舊一臉幸福地暢談VTuber的美好；雖然田所一直抱怨籃球社的春假集訓，但想必他到時候還是會在社群媒體上，上傳自己開心的照片吧。

「要說集訓的話，我們社團也要參加大賽，練習很辛苦耶。」

「畢竟春假很短嘛。不過下星期我就要去滑雪了，所以倒是沒差。」

「咦？你要去滑雪嗎！怎麼那麼好，也帶我們去呀！」

「就是啊！前陣子米露菲從CC畢業以後，我的心就破了個大洞！你們要對我好一點啊！」

「啊～～那個站C位的超可愛偶像嘛。」

「不對啊，她畢業已經是半年前的事了吧？你是要我們對你好到什麼時候？」

「舞菜好嗆唷～！」

我的朋友們開始談起他們的春假計畫。

與他們情緒的高昂成反比，我的心就像被湯匙刮弄一樣，陷入一種奇怪的感覺。

我自己呢？我也想像他們一樣——

「怎麼了，蓮？怎麼突然不說話了？」

「沒事，只是覺得好熱鬧罷了。」

沒錯，就是這樣而已。只不過，我一直感覺心中的某處似乎缺少了什麼。

跟朋友們充實的生活相比，我的日常總是只有八十分。

沒有驚濤駭浪也沒有成就感，更感覺不到充實。

我低頭看向手機，以免話題轉移到我身上，結果在此時發現「冬姊」打來的未接來電跟LINE的訊息通知。

電話剛好是五分鐘前打來的，訊息則寫著「現在能打電話嗎？」平常她不會這麼突然地聯絡我，恐怕是有什麼急事吧。

「啊，抱歉，我現在是真的有事要忙，沒辦法跟你們去唱卡拉OK了。」

「怎麼會……真的假的？」

「欸，蓮，你剛剛說有事要忙，結果是騙人的喔！」

「啊哈哈……總之我們下次再約吧！」

「不～要～走～啦～！我沒有蓮就沒興致了。」

「人家也是——！」

「就跟你們道歉了嘛！」

田所巴著我不放，讓我只能雙手合十道歉，他這才不情願地放開我。

被臭男生抱著一點也不開心，他能這麼迅速放棄真是太好了。

「真拿你沒辦法。好啦，下次再約你！」

「喔，等你約！」

「我傳的ＬＩＭＥ要在五秒內回覆喔！」

「你們是情侶喔？」

「還是熱戀期的那種？」

田所他們七嘴八舌地抬槓著。我向一行人揮手道別，轉身離開便利商店趕緊回家，並在路上回撥給冬姊。

「喂？」

『喂～好久不見了呢，蓮蓮。』

「冬姊……！那個稱呼很難為情，拜託別那樣叫了啦。」

『咦～？以前的你明明很可愛耶，蓮整個人都變了啦。』

電話的另一端傳來了嗤嗤的笑聲。冬姊——本名白樺冬華，是大我兩歲的青梅竹馬。

有點傻呼呼的她個性沉著冷靜，很會照顧人。我家是雙薪家庭，有時父母親整天不在家，當

時都是冬姊陪我玩。對我來說，她就跟親姊姊一樣。

冬姊現在離開老家，住在東京，不過一年之中會回來幾次，也常常用LIME跟我閒聊，我們現在感情依舊很好。

『剛剛呀，我的工作突然休假，多了一整天的休息時間，所以現在在回去的路上。我差不多要到了，你在做什麼呢？有空的話，等等要見個面嗎？』

「現在剛好很閒，沒問題……不過冬姊會提前聯絡我還真難得耶。」

儘管這是個購物中心只有WAON的偏僻小鎮，交通卻相當便利，從東京開車到這裡只要三十幾分鐘就能抵達。

也因為如此，冬姊總是會突然回老家給我們驚喜。今天居然專程打電話告知，實在很難得。

『哎呀，被你發現了？其實我有事情要拜託你啦。』

「等等，我有種不好的預感。」

『才不等咧。其實我有個跟你同年的朋友，她辭掉偶像的工作，這個春天要轉到你就讀的學校嘍。你想想，你們學校不是有表藝班嗎？所以很好插班進去。但是她呀，從小就當偶像到現在，跟社會有點格格不入，所以我希望你能協助她融入班級。』

「啥？」

如果打這通電話的是田所，我大概會罵他：「別開這種爛玩笑。」然後結束這個話題。

但冬姊可是全民偶像「cider×cider」的成員。

現役偶像所說的話可信度實在太高了，根本沒辦法懷疑她。

cider×cider原先從小型徵選發跡，粉絲們稱之為「CC」，出道四年後成了家喻戶曉的超人氣偶像團體。

成員皆是透過人氣投票選出的。她們打造的歌曲有著讓人朗朗上口的歌詞與印象深刻的舞步，在Oricon公信榜上蟬聯榜首，是當紅的偶像團體。

而冬姊正是連續在選拔中勝出的人氣團員。

說真的，雖然我從小就覺得冬姊是個美女，卻沒想到她會在高一那年冬天報名徵選，然後真的成為偶像。現在冬姊已經十九歲了，依然以現役偶像的身分活躍著。

當冬姊通知我她徵選合格時，我甚至已經做好心理準備，要接受她離我而去的事實。但儘管回家的頻率減少，她依舊常常返家，沒有因為成為偶像而改變，現在依然會在各種事情上給我幫助。

由於都是我在麻煩冬姊，冬姊卻鮮少有求於我，所以既然被她拜託了，我也想盡可能地出一份力。然而……

「抱歉，我不行。」

『咦～～！為什麼？』

「妳想想看嘛。如果接下這麼麻煩的委託，我的高中生活一瞬間就崩壞了！」

倘若把「想跟偶像當朋友的心情」與「從此衍生而出的麻煩」放在天平上衡量，完全是麻煩的程度占上風吧。對我來說，身邊只要有冬姊一個偶像就夠多了。

不曉得那個女生是有名的團員，抑或只是一介練習生？但我知道只要接下這個委託，平穩的高中生活就會劃下句點。

我絕對會跟那位偶像一起被人關注，就此失去自由。

『蓮好過分，居然把重要的青梅竹馬的請求視為麻煩，姊姊我要哭了喔！唉～～我不記得自己有把你養成這麼無情的小孩呀。』

「雖然我確實是被妳照顧長大的啦，但我可還不想放棄平穩的高中生活！我這種貨色，要是被人知道跟偶像有交集，到時候一定會遭受圍毆好嗎！」

『真是的，為什麼要把自己講得那麼卑微！蓮很帥的！』

「別用青梅竹馬的角度偏袒我啦！」

所以說冬姊就是這樣，太溺愛我這個青梅竹馬了……

儘管被她誇獎的感覺不是不好，但這個跟那個是兩碼事。

我一副置身事外的樣子，打算跟冬姊說：「抱歉，妳的青梅竹馬太無能了。」然而在我真的說出口前，冬姊便開口繼續說道：

『你確定嗎？你之前不是說，有一台想要的相機太貴了買不起嗎？我原本還想，要是蓮接受我的請求，就買下來當謝禮呢～』

「咦？妳是認真的嗎？」

『當然是認真的。呵呵，可別小看超人氣偶像的收入唷～！』

「對、對冬姊來說確實是小錢沒錯啦。但我已經要升高二了，早就不是會被禮物釣到的年紀……」

『就算先見一次面也好，拜託。當作幫我一個忙。』

冬姊的聲音，傳達了她的真誠。

冬姊正有求於我。那位從小就無所不能的冬姊……

那位總是處處照顧我的冬姊，在拜託我？

「……知道了啦，如果只是見個面的話。」

我不禁脫口答應了。這並非看在相機之類的份上，而是因為被冬姊拜託太讓我欣喜，才會同意幫忙。

雖然覺得自己做了一個不得了的決定，此刻我的心中卻冒出一股暖洋洋的情愫。

『謝謝你～！那你現在有空嗎？我現在就帶她回去，你要先準備一下唷。』

「一開始就斷定我會見她了喔……」

『畢竟我最信任蓮了嘛！』

冬姊說完後便掛斷電話。還真是個自作主張的姊姊啊。

「……唉。」

我嘆了口氣，確認塑膠袋裡的冰品還是冷的，隨後走上階梯。

這段階梯的頂端有一座公園，裡頭有個能夠瞭望小鎮的觀景台。

而在這個季節，那裡的櫻花樹想必已經落英繽紛了。

雖然我知道現在應該快點回家，等待冬姊抵達，但是直接回去的話，等我到家冰都融化了吧，況且我本來就打算來這裡吃冰。我一邊在心裡找藉口，一邊爬完這座樓梯。

「…………今年也開得很漂亮呢。」

這棵八重櫻細緻的色彩，不能只用「粉紅色」來描述它，那樣形容就太單調了。

這棵八重櫻之高大，讓人一眼就知道，它應該好幾年前就已經生長在這裡。它的枝條彷彿能夠覆蓋整座公園，今年也是綻放得如此壯麗。

櫻花鮮豔的粉紅、天空的湛藍以及雲朵的純白，我試圖拍下這完美的對比，用雙手的食指與拇指擺出四角形。很好，完成了。

我的簡易手指相機。

我保持這個手勢，順勢往後轉身——

「唔……………」

呼吸似乎在頃刻間停止。

我無法隨心所欲地控制身體，便利商店的塑膠袋從手中滑落地面。

手指框出的畫面中，除了壯麗的櫻花樹之外，還照映了一名站立在櫻花樹前的女孩子。

櫻花色的秀髮亮麗奪目，翡翠色的瞳眸猶如寶石。她的臉蛋小巧得令人驚訝，手腳又是如此地優美。白色的肌膚宛如陶瓷一般，超群的身材似乎能夠駕馭各種衣服。

美少女望向我這邊，輕輕甩了甩她及肩的髮絲，弄去飛落在頭上的櫻花瓣。簡直宛如電影中的一幕。

我入迷地盯著這夢幻的場景，身體不聽使喚。

「……那個……怎麼了嗎？」

她將纖細的肩膀向前傾，歪著頭問。

因為我一直擺著手指相機，她可能覺得我有點可疑吧。

「啊，沒事，只是覺得這裡看出去的景色很漂亮。這是我的習慣啦，看到漂亮的景色就會做出這個動作。」

儘管我還想繼續捕捉櫻花與美少女交織的畫面，卻也只能惋惜地放下手，撿起便利商店的塑膠袋。

「原來是這樣。美瑠還以為……啊，沒事，當美瑠沒說。」

語畢，她走近我身旁，往小鎮瞭望而去，小聲地說了聲：「確實很漂亮。」

聽起來像是自言自語的一段話，讓我不知道該如何回應。我將視線從她迷人的翡翠色眼眸別開，朝她所眺望的方向看去。

此時春風吹過髮梢，讓人心曠神怡。

「你那麼喜歡嗎？」

「嗯？」

「這裡看出去的景色呀。」

妳這番話！對心臟不好啦！這種誤會明明是老哏，但由美少女說出的破壞力就是不一樣！

啊——好險。剛剛看她看得太入迷，還以為要被發現了。

「……我滿喜歡的，因為很讓人放鬆。」

「喔～我也喜歡呢。」

好心機的說法！這種扣ＨＰ的方式太不尋常了吧！

「你的品味真不錯呢，我下次也再來吧。」

她模仿我剛才的動作，用手指捕捉眼前的景色，微微揚起嘴角，說了聲：「好棒的景色。」

也許本人沒有自覺，她不經意的言行舉止，都像是動畫裡的女孩子，卻絲毫不做作，自然而

然地展現出撩人心弦的一面。

總覺得好像在哪裡看過———？

「……你就住在這附近嗎？」

「妳怎麼知道？」

「因為介紹我來這裡的人說，這裡是小鎮的隱藏景點，白天幾乎沒有人會來。」

「哦～確實如此。我也是因為鄰居姊姊告訴我，才知道這個陡峭的樓梯頂端有一棵這麼漂亮的櫻花樹。」

這裡是小時候冬姊帶我來的地方。還記得當時她興奮地跑來跟我說：「我有個大發現喔！」

「……妳是……最近才搬來的嗎？」

「對。今年春天會轉進這裡的高中，現在正在等人帶我參觀這裡。」

「難怪。」

這麼漂亮的女生要是之前就住在這個鎮上，不可能不引發話題。

我的「難怪」是這個意思，但她像是在提防我似的，皺起眉頭問：

「……難怪？」

「沒事。我只是想說妳看起來好像明星，搬過來的話會很引人注目而已。」

「呵呵，原來是這樣呀。」

她說完後，輕輕地笑了。

我確定應該在哪裡看過她，在她看不到的角度拍打自己的後背，死命地挖掘自己的記憶。還差一點就能想起來了——！

『前陣子米露菲從ＣＣ畢業以後，我的心就破了個大洞！』

「啊。」

腦海中突然閃過田所在便利商店說過的話。

想起來了！就是米露菲！

之所以會一直覺得有印象，是田所日復一日地把她的照片秀給我看的緣故吧。

我不禁開始思考，這位美少女的容顏明明如此奪目，美得令人無法忘懷，為什麼我會想不起來呢？

而得出的結論是——我對米露菲的印象只有她漂亮的雙馬尾而已，難怪沒辦法立刻聯想起來。

「咦？我有跟蓮說過，我們會順路來這裡看櫻花嗎？」

長及腰際的豔麗銀髮，深藍色的大眼睛，身段修長纖細卻凹凸有致，曼妙的身材讓各家寫真雜誌社競相邀約。彷彿要彰顯自己的身材般穿著合身的黑色連身裙的她，喘著氣走上階梯。「美麗大姊姊」一詞講的就是這種人。而她……

「冬……姊？」

她露出一抹微笑，對我揮了揮手說：

「沒～錯！蓮，好久不見。」

身旁的美少女以宛如銀河般閃亮的眼眸，看著眼前發生的景象，好像理解了狀況似的開口道：

「啊～就是你呀。」

接著，她對我伸出手說：

「初次見面，柏木蓮同學！我是香澄美瑠。你可能對『米露菲』比較有印象吧。」

她握住我的手，讓我有種奇怪的感覺，宛如電流通過一般地酥麻。

「今後請多多關照啦。」

香澄美瑠——半年前突然退出演藝圈，cider×cider的前任C位。

「香澄美瑠，cider×cider的不動C位。出身於東京都。現年十六歲，血型AB型。身高一百五十三公分。三歲進入演藝圈。五歲時拍了第一支廣告後，便作為童星在演藝圈大放異彩。十二歲時，從學校返家的路上被星探發掘，成為cider×cider第二期訓練生成員。十三歲時，被選

拔為ＣＣ**史上最年輕**成員，**十四歲時首度站上C位**。父親是服飾公司老闆，母親是前演員香澄百合。綽號為米露菲。口頭禪：『最喜歡〇〇了。』由她站C位的曲子，每首都**創下銷售百萬張**的紀錄。握手會的**平均排隊時間**超過**七小時**。然而她在東京巨蛋成功舉辦了單獨演出後，卻在人氣當紅之際宣布：『想當個普通的女孩。』而從cider×cider畢業…………」

光是唸完在網路上找到的文章，我都口渴了。米露菲也太厲害了吧。

「哦～～好厲害。最近Sukipedia還會寫這些東西呀～不愧是集聚眾人『喜好（註：日語羅馬拼音為suki）』的網路辭典呢。對了，這裡也有介紹冬華姊嗎？」

「好了，別玩開了。」

右側坐著冬姊，左邊坐著米露菲。

要是被全國的ＣＣ粉給目擊到，我一定會被殺掉。大家好，在下是柏木蓮，於準命案現場為各位獻上轉播。

……現在可不是開玩笑的時候。

在那之後我們移步到冬姊家。我坐在客廳裡，聽冬姊和米露菲說明事情的原委。

「一如方才讀到的簡介，米露菲她呀，從小就一直當偶像到現在，所以之前都沒有好好上過學。可是不當偶像之後的這半年來，別看米露菲這樣，她可是很努力的唷！」

「喔……」

「她的頭腦本來就不錯，所以學業還算應付得過去。然而一般常識就……你懂吧？」

「唔～美瑠明明沒有問題，人家已經越來越接近一般女生了啦。欸，蓮同學，你看看美瑠，不覺得人家一點問題也沒有嗎？」

「不，妳整個都是問題。」

「真的假的！」

每當她開口說話，柔順的髮絲就會輕輕晃動。她給予的回應總是有點誇張。而那豐富的表情，則讓我感覺彷彿在觀賞戲劇中的角色一般。

想必這些都是偶像們重要的技能吧。即便我能夠理解它的重要，但若把她推入常人的生活中，必然會因此格格不入。

冬姊家的客廳，是我從小看到大的場所，卻只因為米露菲在其中而變得有些陌生。她的美貌，就像被阻隔在「日常」之外似的。

該怎麼說呢？好比說——好像只有米露菲的周圍，隨時都有聚光燈打下；好像只有她的身邊，隨時有花瓣飄舞著一般。

我原以為是因為剛才在公園時她的背景是櫻花，畫面才會那麼奪目，但其實似乎並非如此。

「奪目」的始終是她本身。

無論她身處何處、做什麼事，即使只是輕輕歪頭的舉止，都令人深深著迷。

「你想想，不是說近朱者赤嗎？人類是會適應環境的生物吧？所以米露菲才會報考插班考，到白月學園就讀。我想如果是有表藝班的學校，米露菲應該也能融入，況且我知道你也在那所學校呀。」

「一開始就打算指望我喔……」

「呵呵，畢竟據我所知，在米露菲的偶像氣場面前還能不動聲色的人，就只有你了嘛。事實上，你剛剛在公園能跟她自然對話，也沒有害羞吧？一般人可是會緊張到口吃唷。」

我只是因為從小被冬姊糾纏，才鍛鍊出了抵抗力，可不是完全不害羞喔。

也就是說，冬姊要我今後擔任米露菲的防波堤，防止著迷於她的同學蜂擁而至嗎？

「再加上你是我信任的人，要是能陪在米露菲身邊，我就能放心了呢。我希望你幫助她融入班級，讓她盡可能像個普通的女孩子。」

很好，回絕吧。

我如此下定決心。

我一定是被冬姊拜託而太高興了，才會覺得先見見她也沒差。還真是做了個愚蠢的判斷。

畢竟冬姊的要求未免太過困難。米露菲宛如是為了當偶像而生的女孩，要我把她變普通，根本不是努力一下就能達成的範疇。

這已經超出我的能力範圍了，說起來一開始就不是我能承擔的委託。

「那個……真的非常抱歉，這件事請容我回絕……」

我戰戰兢兢地說出口的同時，冬姊笑著把手機拿給我看。

「……這是什麼？」

「這是蓮想要的相機，已經訂下去了♡」

「我們說好的是『見她一面就買給我』吧！」

「蓮弟弟，天底下沒有這麼好的事唷。」

「妳這個當偶像的！手段不會太骯髒嗎？」

「隨便你怎麼說～」

沒想到冬姊會來這招……

「再說，妳只有說當偶像的朋友會來，沒說前任C位會來吧！犯規啦！」

「要是一開始就告訴你對象是米露菲，你根本不會願意見她一面吧？」

「廢話！」

沒有在電話上隨口答應真是太好了。

我現在立刻還錢……不行，跟爸媽借錢的話是還得起，但之後會很可怕。

我看乾脆現在逃出去好了？

當我拚命找尋退路之際，一直老實地聽我們對話的米露菲，猶豫地開口道：

「冬華姊，我可以跟蓮同學兩個人談一下嗎？」

「可以是可以……怎麼了嗎？」

「我果然還是想要親自說服他。一直都讓冬華姊幫我說話，這樣他當然不會接受了。」

看來她意外地有點常識。

「說的也是，這樣的確比較好呢。蓮，你可以接受嗎？」

我向冬姊點了頭後，她隨即起身走往門外。

「那我先到隔壁房間，談完了就打電話叫我唷。」

「好。」

一聽到冬姊要去隔壁房間，米露菲瞬間面露不安，但告訴她：「牆壁很薄，用不著打電話，只要大叫一聲冬姊就會飛奔過來了。」之後，她的表情立刻放鬆下來。

「啊，你該不會在想『她一定在握手會上習慣跟陌生人獨處了』吧？」

她怎麼知道的？

CC的握手會文化很有名。

只要購買CD就能得到握手券，每個人會有幾秒鐘的時間，可以當面跟自己支持的偶像說話。

她是最受歡迎的主力成員，想必一天要跟幾千名陌生人聊天、握手吧。

我一定露出了「妳怎麼知道」的表情。米露菲看著我嗤嗤笑，然後繼續說下去：

「其實我呀，還是有生以來第一次跟男生單獨共處一室呢。」

「……咦？」

「握手會上通常有警備人員在場，隔壁的包廂也有同伴在。而為了留意私生活不至於傳出緋聞，就算在慶功宴上，我也不曾跟人獨處過。」

「還真……厲害啊。」

「呵呵，所以人家現在真的很緊張呢。」

米露菲像是要證明自己的緊張一般，用雙手撫摸自己些微染上紅暈的臉蛋，接著就這樣托著臉頰看向我。

天啊，好心機，這是什麼可愛的小動物？

我的心臟突然噗咚狂跳，聲音大到甚至有些吵雜。

要不是我對偶像有點抵抗力，不然理智都要飛到九霄雲外了。

「…………是喔？」

「哦，吃了這招還不會臉紅的人，你好像是第一個耶。」

「什……！」

「哈哈哈，不過美瑠剛剛沒有說謊唷。我在握手會之類的活動跟很多人說過話，但都沒有

人像你一樣冷靜。說起來，我還是第一次談到這個話題呢！今天發生了好多第一次，有點高興耶。」

米露菲如此說著，看似真的感到相當開心，綻放出如同花朵般的笑容。

此時我也領悟到……

——這個女生不容小覷。

她絕對是從上輩子開始就從事讓人失去理智的職業。

「不敢當。」

要我說幾次都行。倘若沒有受冬姊照顧，我才不會……（以下略）

然而她本人都談到自己的過去了，這也就表示，她知道自己的經歷有多麼特殊吧。

「……那個……為什麼妳明明知道自己不是一般人，現在卻想變成普通的女孩子？」

「因為我想變普通，想試著平凡地上學呀。難道還需要別的理由嗎？」

米露菲笑了笑。這次的笑容跟剛剛不同，是偶像等級的完美微笑。

儘管那張笑顏也十分動人心弦，猶如女神或天使般美麗，但在看過了方才高興的笑容後，總覺得沒什麼溫度。

「反倒是你又如何呢？你對自己想做的事，或是夢想成為的人，都有充足的理由嗎？」

「並沒有。再說我也沒有想做的事，更沒有想成為的人。」

這些話一旦說出口，反而讓自己感到一陣空虛。

因為我與眼前的女孩同齡。而她已經完成想做的事，現在還有新的志向。

即便我曾挑戰過各種事物，卻沒有一件事吸引我，我也沒能專精任何事，更做不到像田所或舞菜一樣，對自己的喜好那麼熱衷。與她相比，差別實在太大了。

我不討厭讀書，也不是不會運動。但若問我是否樂意堅持下去，答案是否定的。因為那都不是我真正想做的事。

受到朋友推薦而嘗試，卻又放棄而離開，不斷重複著這樣的循環。無論做什麼都無法滿足自己，總是在追尋填滿內心的最後一塊拼圖，這就是我——柏木蓮。

「所以我還在尋找，能夠讓我不會厭煩的事情……那件我真正想做的事。」

聽了我所說的話，米露菲浮現出與剛才相同的完美笑容，開口道：

「這樣呀。我倒覺得，你看起來像是刻意不使出全力耶。」

「……………………啥？」

在我完全理解她說的意思之前，米露菲又開口說：

「抱歉，讓你為難了。不答應也沒關係唷。」

「……什麼？」

「哎呀～你覺得很意外嗎？說要拜託你的其實是冬華姊唷。我只是因為欠她人情，才會同

意過來的。就我來說呢～不過是心存僥倖，想說『要是有人幫我就太好了』罷了。你看你，確實很不情願不是嗎？」

米露菲說完，對我吐了吐舌頭。

該不會，她一開始就打算婉拒，才想跟我單獨談談？只是她知道冬姊很熱心幫忙，所以冬姊在場時，才沒有表示想法。

或許剛才米露菲會過度地展現偶像的風采，也是為了讓我害羞，讓冬姊覺得我不適合幫忙，並以此為由把我剔除吧。

「我會幫你跟冬華姊好好解釋的。不過，要是你不嫌麻煩，在學校能跟我好好相處就太好了！」

她露出優美的笑容說。而那抹笑容，燦爛到有些矯揉造作。

真的心機得受不了。然而……

卻讓我覺得不能置之不理，這究竟是為什麼？

「總而言之，我被拒絕了。畢竟蓮同學似乎很忙呢～」

說好的「會好好幫我解釋」呢！這不是變成１００％是我不對了嗎！

「……蓮？」

「不是……那個……這個是……」

我一時找不到好藉口，只得支吾其詞。此時米露菲用開朗的口吻說：

「真是的！冬華姊太愛操心了！美瑠至今可是讓幾百萬人拜倒在我的石榴裙下。不過四十幾個同學而已，怎麼可能沒辦法征服呢！」

「………唉，我知道了。我也是有點擔心過頭了吧。」

「就是說呀～而且美瑠我也已經十七歲了！」

「對啊對啊！」

「蓮，你閉嘴。」

「是，遵命。」

我隨口附和，結果被罵了。冬姊是不是對我特別嚴厲啊？

「那麼美瑠差不多要回家收包裹嘍！」

之後，準備解散的我們紛紛起身走向玄關。

米露菲說她已經搬完家了，冬姊會開車送她回去。順帶一提，我家離冬姊家只相隔兩棟房子而已。

「謝謝冬華姊的招待！」

米露菲先走出玄關。而我正打算穿上鞋子。

此時，冬姊從後面搭話：

「蓮，你忘了東西嘍。」

「嗯？謝謝。」

我接下冬姊給我的塑膠袋，一邊想著她拿了什麼給我，一邊往裡面看，頓時啞口無言。

「……啊～～～！冰都融化了啦！」

想起來了，我從超商回來的路上，在公園遇到米露菲與冬姊，然後就直接造訪冬姊家了。剛剛在路上還特別記得要吃的，結果因為米露菲帶來的衝擊太大，害我把買來的冰給拋諸腦後了。

明明就是為了買冰才出門的，我到底在幹什麼啊？

我嘆了口氣，埋怨自己的不幸。此時冬姊突然嘟囔道：「那個是……」

「千層酥冰淇淋？還真少見啊。」

「對吧？這是6-ELEVEN的新商品，每一層的口味都不一樣，最近在社群媒體上可是熱門得不得了呢。」

「哦……我說蓮啊，你知道米露菲的綽號是怎麼來的嗎？」

為什麼新發售的冰淇淋，會延伸到綽號的話題去？

「誰知道？偶像的綽號不都是自己想的？冬姊以前也想了老半天不是嗎？」

我還記得冬姊要出道時，因為想不到自己的綽號要叫什麼而開始亂取名字。順帶一提，她後

來打安全牌，取作「小冬」，綽號才總算有了著落。

「我、我的事就別提了啦！米露菲(mirufi)這個綽號，是取自她的名字美瑠(miru)，以及她在雜誌問卷上回答『喜歡吃法式千層酥(mille-feuille)』。但我總覺得不只是這樣。」

冬姊深吸了口氣，繼續說下去：

「她真的是個很像千層酥的女孩子。雖然我跟她相處了很長一段時間，但她一直都維持著偶像的形象，**彷彿疊了成千上萬層似的**，讓人摸不透她的內心。」

「…………」

「所以我才那麼擔心她。擔心她能不能融入『普通』的生活，擔心她會不會在我不知道的地方受傷。」

之所以說不出冬姊「操心過頭」，也許是因為我似乎能設想到她所擔心的情況吧。

「欸，蓮。我不會要你直接幫助米露菲，可是如果發生了什麼事，你可以用ＬＩＭＥ通知我嗎？拜託你，我不想要再後悔一次了……」

「再」後悔一次？

這句話讓人相當在意，但我問不出口，只好靜靜點頭。

「知道了啦。妳都幫我買相機了，這份恩情，我至少會報答的。」

聽到我答應後，看似放下心中大石頭的冬姊對我微笑，以示感謝。

「法式千層酥啊……」

回到家的我，趕緊上網搜尋法式千層酥。找到的內容是——mille是法文的「千」，feuille則是「葉子」的意思。為了表示這個甜點有很多層，才會取作mille-feuille。

讓人訝異的是，一般的千層酥，居然有兩千一百八十七層之多。

我把融化的千層酥冰淇淋放進冰箱冷凍凝固。洗完澡後，我拿了把叉子，戳進重新冷凍過的冰淇淋。在叉子所施加的壓力下，冰淇淋的派皮層應聲碎裂。

仔細想一下，在家裡吃也許才是對的。

「……吃起來真不方便。」

——然而，把千層酥的派皮一張張剝開來吃的話，派皮跟卡士達醬的比例就會很不協調。

映入眼中的這段甜點介紹，平常我根本不會在乎它，現在卻深刻地留在腦海中。

新學期。布告欄前人滿為患，我好不容易才擠到前面看到分班表，找到自己的新班級，然後帶著一點不安走向教室。當我走到教室門口，突然有人從後方拍了我的背兩下。

「早安呀！咦～～！該不會蓮今年也跟人家同班吧？」
「嗯～！舞菜也是三班啊！」
出現在眼前的是舞菜。她解開白襯衫最上面的兩顆鈕扣，在腰際綁了一件紫色的開襟針織衫。
她把頭髮綁成兩顆小丸子，勉強將內餡染藏了起來。那兩顆丸子會隨著她的動作微微晃動。
「班上的人我都不是很熟，有舞菜跟我同班讓人安心不少耶。」
「人家在班上……是有超多熟人沒錯啦，不過能跟蓮同班我也很高興。畢竟跟去年五班的朋友們分開，我還是有一點點寂寞。」
去年五班的朋友，就是春假時在便利商店前遇到的那群人。
舞菜說完後感到有點難為情，突然抓住我的手，用體重把我往下拉。
「唔喔！」
我因此失去平衡，靠在舞菜的胸口上，頭也必然地歪向她那邊。
「況且有蓮在絕對很開心的，不是嗎？」
「……聽妳這樣說還真讓人高興。」
「嘻嘻嘻，這是客套話喔。」
「不要這麼快承認啦。」

這種互動，就是先害羞的人輸。我去年花了一整年才學會。

為了降溫微熱的臉頰，我揮手扇了扇風。而舞菜好像在模仿我一樣，也揮動起兩手。

「討厭——……真不該模仿那些女生的，好不習慣做這種事。」

「……嗯？」

「沒事啦～對了，跟你說唷……」

「你們兩個，請回位子。上課鐘要響了。」

「喔——抱歉。」

「了解～」

我們被人從後方冷冷地提醒。我說了聲：「又來了。」到位子上坐下。

提醒我們的是久遠琴乃——有名的優等生大小姐。去年她的班級離我們班很遠，所以並不常看到她，不過看來她今年跟我同班。

我看了一下手機，現在距離班會開始還有五分鐘。優等生做什麼事都會提早五分鐘。

然後我收到田所傳來的訊息：「五班的朋友只有我落單啦！好孤獨！」有夠煩的。我只好一邊回他的ＬＩＭＥ，一邊看著手機發呆消磨時間，直到老師走進教室，開始班會。

接著，到了每年例行的自我介紹環節，這個時間我總是無法習慣。

「我叫朝宮舞菜！社團是田徑社，興趣是美甲、卡拉ＯＫ跟玩遊戲。我喜歡跟人聊天，歡迎

多多跟我搭話唷。請多多指教！」

不習慣的理由，其實只是很不擅長作自我介紹而已。

儘管舞菜常調侃我多才多藝，但就我自己來說，不過是博而不精罷了。該如何介紹自己，實在有點想不出來。

在我還在思索自我介紹的內容時，馬上就輪到我了。社會真是殘酷啊。

「呃──我是柏木蓮。社團是回家社，不過常常在體育社團當救援選手。呃……………對了，今年一整年還請多多關照。」

我謹慎地挑選用字遣詞。總算能夠坐下了。

此時，我心中湧現了一股莫名的想法，而且越來越強烈──我比以往還想要一個，能讓自己熱衷的事物。

要是能找到那個事物，拼上最後一塊拼圖，那自我介紹會變得多輕鬆啊。

「我是久遠琴乃。請多多指教。」

不過還是有這種極簡約的自我介紹，也許是我自己想太多了。

然而，今年的自我介紹或許會有點樂趣。

因為今天，正是那位香澄美瑠轉入我們學校的日子。

我先前已經從冬姊那裡得知米露菲的班級是三班。

因此，當我看到布告欄，發現自己的名字就在三班時，心臟真的都快停止了。

畢竟一個學年明明有八個班級，根本沒想到我們會分在同班。

再過不久，米露菲就會進入這間教室。

可能是為了避免騷動，校方並未把她的名字放到布告欄上。可是看到教室最後空著的座位，即可得知將有轉學生加入。

事實上，同學們現在也坐立難安，遙望著那個空著的位子。

老師聽完一如既往的自我介紹以後，終於談及「今天會有轉學生」的消息。

然後，同學們聽到該名轉學生原本是藝人後，教室頓時嘈雜得不可開交。而老師自己也按捺不住興奮，望著香澄美瑠會走進教室的方向。

「那麼，請進。」

「……欸，她是米露菲吧！」

「呀啊啊啊啊啊啊啊！」

「真的假的啦？怎麼會有這種事！」

時機一到，香澄美瑠精神抖擻地踏入教室。眾人看到她而發出的歡呼聲，聽來近似尖叫聲。

一瞬間陷入暴動的教室，對她來說就像是日常光景，她始終保持微笑。前幾天見面時，她也維持著偶像的風采，今天她究竟會做出什麼樣的自我介紹呢？

我希望冬姊能夠早點放下對米露菲的擔憂，同時也是為了明哲保身。我盯著她翡翠色的雙眼，祈禱著她的自我介紹會有好的結果。

「那麼，香澄同學，請自我介紹。」

「好的～！」

她輕輕晃動著櫻花色的秀髮，用滿面的笑容開口道：

「大家！看得到美瑠嗎──？」

「「「看得到──！」」」

這個瞬間，我確定──一切都完蛋了。

這傢伙沒救了。果不其然，她一點都不「普通」。

「初次見面。只想獨占你的視線♡我是本學期轉學到這間學校的米露菲──香澄美瑠！」

我記得她說過：「真是的！冬華姊太愛操心了！」了吧？

那份自信，到底是打哪兒生出來的……？

不對，沒有設想到米露菲的「普通的自我介紹」跟我的「普通的自我介紹」不一樣，該不會是我的錯吧？

…………不不不，不可能是我的錯。畢竟誰能料想到我們的觀念差距會大到這個程度？

「興趣是唱歌跟跳舞。我最近剛從偶像團體畢業，對很多事情還不了解，請大家今後多多關照唷！」

最後，她用完美的拋媚眼做了總結，成功把教室變成粉絲見面會會場。

其他班的學生注意到我們班的騷動，跑來教室的窗邊偷看，然後他們的尖叫聲又吸引更多同學，可以看到整個走廊都擠滿了人。

「如果大家能多多跟我搭話，美瑠會很高興的唷！」

即便教室外都是人，米露菲依舊笑盈盈地看著我們。

很～好，結束了。大家辛苦了。

我從來沒有比今天還要感謝自己當時的判斷，回絕掉冬姊的請求真是太正確了。

一旦接下委託，可不是只有「麻煩」而已。跟她扯上關係，我一定會倒大霉。

要是因為她而暴露了我跟冬姊的關係，那我百分之百會完蛋。倘若變成那種局面，我也沒空找尋自己的人生目標了。

『冬姊。就在剛剛，米露菲的自我介紹完了。』

兩種意義上的「完了」。

我姑且發了訊息給冬姊，隨即嘆了口氣。

雖然可以預料到她前途多舛，但確實很受人愛戴。儘管跟「普通」完全扯不上邊，不過應該不用多久就能融入班級了吧。

所以我決定在騷動落幕前，暫且先觀望一陣子——可惜事與願違。

自我介紹後過了一個星期……

香澄美瑠開始悄悄地陷入孤立。

那之後因為消息傳了出去，鄰近班級的學生蜂擁而至，只為見她一面。為了等騷動平息，班會之後的課都取消了。

儘管跟我沒什麼關係，不過我們學校原本就設有表藝班，所以校方也很注重社群媒體的消息管理，結果學校卻進入了混亂狀態。校方還特別透過校內廣播，呼籲同學不要把消息放到網路上。

然而她真不愧是前頂尖偶像——

「美瑠很高興大家來看我，但希望你們不要影響到我的同班同學，好嗎？」

——米露菲只憑一句話就結束了騷動，並且努力想和同學們打好關係。可是被她搭話的學生都會突然變得舉止怪異，然後過於緊張而倒下，而且案例層出不窮。

之後開始出現更實際的受害案例——因為她過於耀眼，坐在她附近的同學無法集中聽講。基於這個問題，她被強制換了座位。

要是換到走廊邊的座位，其他班級的學生會來偷看，所以她被強行移動到窗邊最後一排。另外，為了防止偷窺和湊熱鬧的人來，我們召開班級會議，決議——米露菲應當自主配戴平光眼鏡……生得太美也真是辛苦啊。

還有人說：

「原來米露菲真的是活生生的人耶。」

「本人是不是可愛一百倍啊？」

諸如此類的聲音四處可聞。連田所都傳了訊息詛咒我：『你居然能跟她同班，我羨慕得要命啊～』……不過，僅只於此。

實際上，沒有人進一步跟她搭話，只是在遠處入迷地圍觀或是談論她而已。

起初我只對這個現象感到「不可思議」。但現在我深刻理解到——

她是一如字面上地「跟我們身處不同世界」。

即便米露菲很努力地跟人攀談，對方也會被她的某些細微舉動迷得神魂顛倒，導致對話無法成立。

有時，就算有人能正常對話，也會被粉絲認定「這傢伙是來找麻煩的」而遭受圍攻，無法繼續對談。再加上只要米露菲在教室裡，其他班的學生就會來看她，使課程受到干擾，大家都沒辦法學習了。

就算老師或同學去驅趕他們，米露菲依然持續吸引著周遭眾人的目光，實在無從改善現況。她不僅不懂如何打掃環境，在必須安靜的集會，還會偶像模式全開地與隔壁的同學攀談，釀成無法收拾的局面。

最開始大家還能說她「做什麼都好可愛」來圓場。然而她不諳世事的行為逐漸累積之後——在學校中，米露菲漸漸地，同時確實地，成了異類。

這種情況真的不太妙。不知道該如何協助米露菲的我，下課後趁著打掃教室之際，若無其事地問了舞菜的想法。結果她這麼說：

「啊——香澄嗎？我想她應該不壞啦。但該怎麼說好呢？有種『日常大小事完全做不來』的感覺吧？」

「確實如此。妳們那一團的之前也對她很不高興嘛。因為她的粉絲來妨礙上課，妳們就責怪她為什麼不去制止，對吧？」

「嗯——……但我後來有問她原因。她好像覺得那是很平常的事，甚至完全不覺得粉絲很吵。我不認為她是故意的，可是該怎麼說呢？雖然我們也希望她能融入班上，因此常常跟她搭話，不過還是有點不知道該怎麼拿捏跟她的距離。」

果然，在最根本的價值觀上，她與我們有難以填補的鴻溝。

冬姊先前曾傳訊息問我：『米露菲還好嗎？』讓我很煩惱該如何回覆。此時，舞菜接著說：

「男生們不也常說嗎？說她還是當偶像比較好。」

「田所他們好像也是這樣想的。說什麼不想知道她私下的樣子。」

「還真是任性的傢伙們。像我的偶像，就只存在於螢幕裡而已。」

舞菜無奈地說完後，繼續掃地。

我也拿起掃把。此時差不多可以把灰塵掃起來了，我走到走廊去拿畚斗，剛好遇到一臉苦惱的米露菲。

「嗯…………」

但她沒有跟我說話，徑直走向走廊上的洗手台。

她的那副模樣讓人相當介意，於是我匆匆地跟了過去。只見她手中拿著濕漉漉的抹布，使勁擰乾。

確認四下無人之後，我假裝要洗手，站到她身旁。

「妳在……做什麼？」

「哎呀？這不是拒絕關照美瑠的蓮同學嗎？……開玩笑的，只是鬧你一下而已啦。」

瞇起眼睛看了我一眼後，米露菲嘻嘻笑著，輕輕舉起手中的抹布說：

「你問我在做什麼嗎？我在擠乾這個。我不知道必須擠到很乾才行，還濕答答的就拿進教室了。」

語畢，她拿出手機，目光炯炯有神地把畫面秀給我看。

「你看你看，我已經會用抹布擦了，接下來就可以乾擦了唷！厲不厲害？我的進步幅度大到自己都嚇了一跳！」

「那條抹布根本就沒擰乾……」

「等美瑠掌握訣竅，馬上就能成功了啦！」

這位前偶像過去的人生，到底跟日常脫節到什麼程度啊……

「……要換手嗎？」

我不禁如此開口。畢竟偶像與抹布的組合，未免太過突兀。

同時也多少擔心她面對不熟悉的事物，是否感到疲倦。

「為什麼？這麼好玩的事耶？」

米露菲不解地歪頭，天真地反問道。

「可以知道很多事情，真的超好玩的唷。美瑠的『普通筆記本』都已經寫滿一半了呢。」

她把抹布放在洗手台的邊緣，洗了手，從胸口的口袋掏出一本小小的記事本。

「這是什麼？」

「就是普通筆記本呀。我把學到的事都寫在裡面了！……好奇的話可以看唷。」

承蒙她的好意，我翻開筆記本，看到第一頁就寫著讓人難以置信的內容。

○要輕聲細語！學校不是武道館！

○妳不是偶像了！別應和粉絲的要求！

○不要隨便幫人取綽號！等到關係變好才能稱呼對方小名！

這些內容看了會忍不住笑出來，可是仔細一瞧，就會發現用橡皮擦反覆擦拭過的痕跡。她一定左思右想很久。筆記本上還有如同漫畫的對話框，裡頭寫了不少對自己的建議。我頓時對她的認真啞口無言。

有時能在教室裡看見她用嚴肅的表情寫東西，似乎就是這些了。

然後，我一頁頁翻過去。在最後一頁中，她用紅筆寫下——

○一般不會一直有人呼喊自己的名字！要好好制止粉絲！

「跟你說唷，這一條是舞菜……朝宮同學她們教我的。因為國中小是義務教育，我算是畢業了，這還是我第一次進教室上學，所以這些建議真的幫了我很大的忙呢。」

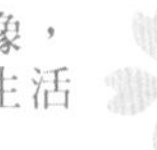

「……這樣啊。」

「嗯。美瑠已經慢慢融入大家了唷。像是最近呀，朝宮同學還會找我進行戀愛諮詢呢。她想讓那個男生注意到自己，所以問我在偶像時期用了什麼減肥法。美瑠現在很認真在思考呢。」

「那真是太好了。」

「嘿嘿～平常我添了很多麻煩，所以也想幫上她的忙。我要加把勁才行！」

我還在擔心米露菲會不會已經打算放棄了，幸好只是杞人憂天。

她正以自己的步調，一步步努力往前走。

她到底為什麼能如此認真呢？

為什麼能熱衷在目標上，一直線往前衝呢？

為何在這種境遇下，還能保持笑容呢？

她努力的姿態讓我羨慕不已。

目睹如此耀眼的身姿，讓我深感自己「果然沒辦法像她一樣」。

「……不錯啊，加油喔。」

「嗯！謝謝你～！」

我回到教室後，用ＬＩＭＥ回覆冬姊：『米露菲現在很努力。』

四天之後，事件發生了。

「我說啊，妳以為自己當過偶像就什麼都能說嗎？」

從科任教室回來時，我聽到了爭執聲，慌忙望向聲音的來源。

在那裡的是言行激動的舞菜，以及被舞菜逼問而低著頭，無處可躲的米露菲。

「……現在是什麼狀況？」

我湊到——這幾天認識的——同學們旁邊問。而他們尷尬地「呃——……」了一聲，答道：

「聽說舞菜跟她喜歡的男生告白，可是對方似乎喜歡可愛型的女生，所以拒絕她了。然後說到『受歡迎』不就會想到米露菲嗎？於是她好像去找米露菲商量……」

說明前因後果的同學頓了一頓，往米露菲的方向一瞥。

「……米露菲看來是做過頭了，一下叫她要健身，一下叫她控制飲食，提出很多難度很高的建議。」

「對對。然後舞菜被唸到理智線斷掉，罵她：『我沒有要妳做這麼多。』不過聽說米露菲的說法也有問題。舞菜聽從她的建議，也盡力實踐了，米露菲卻批評她：『這樣根本不夠。』好像在嗆她『妳本來就該努力』一樣……結果就變成這樣了。」

「米露菲沒有做錯什麼，但她跟我們有點鴻溝不是嗎？大家都說舞菜現在就夠可愛了，況且

她本人好像也沒有期望那麼正經的建議。」

「啊——原來如此。謝謝，我理解了。」

也就是說，舞菜只是委婉地請對方安慰自己，但是米露菲把舞菜的話原原本本聽進去，並以現役偶像的標準提出了改善方法。

就算要減肥，也沒有高中生會認真健身或控制糖分攝取；就算有那種學生，也是對此相當重視的極少族群。

由於有身為偶像這個前提，現役時期還有人會讚賞「米露菲」的建議。但現在的「香澄美瑠」打算要求同學做到一樣的事情，那情況就不同了。

然而我也知道她確實沒有惡意。

因為我親眼目睹了她第一次被人拜託而開心笑著，認真為同學制定計畫的樣子。

舞菜不曉得她的這一面，所以米露菲的建議會被當成拐彎抹角的挖苦也不奇怪。

米露菲抬起頭，困惑地開口道：

「那個……我不曉得妳的感受，很對不起。但我真的想要幫上妳的忙，沒有打算……」

「那多安慰我一下就夠了呀！一般會用像是『妳才有錯』的方式說話嗎？」

「我不是想指責妳，只是知道該怎麼做才能更可愛……」

「就是妳現在這個說法，根本把我當白痴一樣！太過分了吧？再說，我根本不想被天生就很可愛的人指導！」

「我只是真心地建議妳……」

「所以說！妳就是這點跟大家不一……」

在舞菜即將氣得大吼之際，她的朋友們為了袒護她而出面制止。

「舞菜，好了，冷靜一點。」

「我啊，雖然覺得這次不是只有米露菲不對，但舞菜已經盡力了，好歹也體諒一下她的心情吧。」

舞菜儘管看似冷靜了下來，卻仍怒視著米露菲。而米露菲依然不懂自己哪裡做錯了，露出不知所措的表情。

「如果妳只能當偶像，就給我回去演藝圈吧。」

舞菜不懂米露菲有多麼煩惱，會生氣也是莫可奈何的。

「妳不懂我們的心情，一輩子絕對都不會理解我們。既然如此，倒不如別踏入我們的世界。」

然而，這樣真的是正確的嗎？

她的事明明與我無關。我明明因為嫌麻煩而拒絕幫助她了。

「對啊，妳自己去當好一個偶像不就得了嗎！」

熱衷於自己的喜好，為此全力以赴，死命成為理想中的自己，結果卻是如此——這是多麼讓人不甘心的事。

米露菲的行為看似有點忽視他人的感受，但實際並非如此。

究竟該如何證明這就是她拚命努力的結果？

我不禁握緊拳頭，心想：「這太奇怪了吧。」

現在能夠設身處地體諒米露菲的人，一定只有我了。

「真的很……對不起……」

我知道她真心想要變普通，知道她真心祈願自己能變成普通的女孩子——我已經知曉她為此付出多少努力了。

「對不起，我不懂妳們的心情……」

她絕對很不好受，然而我靠近一看，卻見到她面露開心的笑容。

我無法用話語解釋她的行為，可是能夠理解。

這是她全力思考得出的結論，即便方向錯得離譜。

「這樣不對吧。」

「…………咦？」

回過神來時，我已經牽起米露菲的手，就這樣拉著她離開教室，跑了起來。

「…………………！」

我們一鼓作氣跑上通往屋頂的樓梯。屋頂平常都被封鎖著，所以應該不會有學生想到要來這裡。

「到這裡來，就不會有人靠近了才對。」

我鬆開她的手，坐在最上面的階梯，不過米露菲沒有坐下。此時她終於開口問道：

「你要……做什麼？」

「做什麼？…………到底要做什麼啊我？」

硬要說的話，我只是不想讓米露菲繼續待在那個現場。

只是如此罷了。

「你為什麼……要幫我？」

…………我真的想幫她嗎？

——我不這麼想。雖然不知道該怎麼說明，但我想這是為了自己。

儘管不知為何，但我就是看不下去。

見我沉默不語，米露菲一屁股坐到我旁邊，緩緩開口道：

「……我很遜吧。還以為自己能更機靈一點，還以為什麼事都難不倒我。普通女生……好像比我想的還要難當耶……」

「…………」

「我當偶像到現在，沒有經歷過什麼失敗……結果還是給你添麻煩了，我真是沒用呢。」

米露菲用雙手掩面，往階梯重重一踏。

然後她屏著息，從喉嚨擠出哽咽的聲音說：

「我忍不下去了……啊——討厭，為什麼會這樣……」

內心層層交疊的「米露菲」——

……正逐漸破碎，面臨崩潰。

「……我不懂！我不知道該怎麼辦才好……」

米露菲為了不讓他人聽見而壓抑聲音說道，悲傷的呻吟卻彷彿傾吐了她的心。

斷斷續續的話語更加傳達出她的混亂，使我不知道該如何是好，只能盯著她的側臉看。

「……啊！復活！」

米露菲吐光了肺中的空氣，隨即猛烈地抬起頭。

我來不及錯開視線，與她毫不濕潤的眼睛對上了。

「……你以為我在哭嗎？這點程度我是不會哭的啦。我沒有哭的資格嘛。」

她開玩笑似的吐了舌頭。

想必就在剛剛，她又將自己的心包裹起來了。

為了保護自己而層層交疊，包覆住內心。

「什麼叫沒有哭的資格？那麼認真思考所得出的結論卻跟現實相去甚遠，這樣雙方都是被害者吧？」

「不是的。這次全都是我的努力不夠，因為結果就是一切。」

她不甘心地把話說完……

然後啪地使勁拍打雙頰，站起身來。

「下次絕對不會再失敗了！」米露菲警惕自己說道。

接著她露出笑容，開始走下樓梯。

「明天，我會在教室裡跟她道歉，今天我就先回去了。我現在這樣，不知道要怎麼面對她，必須在明天以前想好該怎麼說才行。畢竟我想跟全班都打好關係！」

她轉過身面對我，滿面笑容地說著。然而看到那過於開朗的笑顏，卻讓我打了個寒顫。

我不禁抓住她的手臂。

「…………」

「怎麼了？」

「沒有下次嘍，已經結束了。」

脫口而出的話語，無法停下。

究竟何謂正確？誰錯在先？我不清楚，只想責備她：「幹嘛那麼拚命？」

過往的回憶掠過腦中，再度消逝。

沒錯，如果是我，絕對會在這裡放棄。

「……為什麼要這麼拚命？妳這樣不普通啊！被罵成這樣，還笑著說要跟她打好關係……」

「這樣太扭曲了。」我發牢騷般的細語，不知道有沒有傳達給她？

「你說的對呀，我不普通。」

米露菲轉過身來，面對我咧嘴而笑。

那是以她剛才消沉的模樣，絕對無法想像的開朗笑容。她繼續說著：

「就是因為這樣，我才必須變得普通。我已經給很多人添麻煩了，今後一定也會讓人困擾……」

「……但妳都遍體鱗傷了，還要繼續嗎？」

「這個世界不會拯救受傷的人，不是嗎？就算受傷了，也不代表就會被原諒…………我要改變，絕對要改變給他們看。而且……」

她頓了一頓。

「人如果不受傷，一輩子什麼都得不到。」

看似蛻了一層皮的她，猶如進入戰鬥模式般說道。

她所說的話，宛如一記重拳打在身上，在我心中迴盪。

彷彿有把刀從身體內側穿刺我，莫名的疼痛侵襲全身，卻又讓我心中的某處感到酥麻，使我不禁放開她的手臂。

「…………」

米露菲對著呆然發愣的我繼續說：

「我會直接回家，你就先回教室吧。告訴大家『她那個樣子，我實在看不下去』就好。不這樣說的話，你就會被當成我的同伴嘍……給你添麻煩了，很抱歉。謝謝你。」

她像是在奚落我似的，揚起單邊嘴角說道。

「……哈哈，這樣啊。」

沒錯，我就是個讓人操心顧慮的人，甚至連自己都感到無藥可救。

即便我不明所以地想要追隨她，但是人終究沒那麼容易改變。

再說她跟我不一樣，不是個得過且過的人。

單獨一人就走不下去的……是我。

米露菲離開以後，我慢吞吞地移動腳步，走下樓梯。

然而她再怎麼努力，一定也到極限了。

到這個程度的話，冬姊想必不會默不吭聲吧。

我停下腳步，打開ＬＩＭＥ。

『那個……冬姊，米露菲她……』

「……不對。」

『米露菲她以前……』

我寫下訊息，然後又刪掉，重複了好幾次。

『再這樣下去，她會離普通更……』

我打著字，越寫越離譜。

我到底在做什麼？

「……我也太遜了吧。」

遜爆了。真的有夠沒用。所以我才永遠都沒辦法喜歡自己。

我把手機收進口袋，全速跑回教室。

我猛然打開教室的門，還能聽見班上的同學正在談論我剛才有多白目。但我直接走向他們。

「啊，蓮回來了。」

「欸，你剛剛是什麼意思？」

「米露菲她怎麼樣了？我是覺得她很可憐啦，但你那樣實在——」

我被怎麼想都無所謂了。

「為什麼變成都是米露菲的錯了？要人家給建議卻連個道謝都沒有的是妳吧。」

「…………啥？」

我下定決心，不再放棄。

「蓮同學打算站在她那邊？」

「不不不。或許我們也有不對，但奇怪的是她……」

「在這裡吵這些有什麼用！欸，蓮，你不是要站在她那邊才這樣說的，對吧？」

舞菜包庇著我說，但我搖了搖頭。

「我就是這麼打算的。不去理解人家而光是一味批判，這樣太奇怪了吧。」

沒錯，雖說她當過偶像，骨子裡卻依舊是跟我們同年的女孩。

她不是別的物種，只是她付出的熱情比我們還要炙熱罷了。

「說實在的，我也跟妳們沒兩樣就是了。」

我過去也覺得她是別種生物，這樣我自己就不會受傷了。

『人如果不受傷，一輩子什麼都得不到。』

我彷彿能聽到米露菲的話縈繞在耳邊。

…………就是這樣。倘若不受點傷，我一輩子就會這樣遜到底。

「我決定幫助香澄，讓她變得普通。」

並非米露菲這位前偶像，而是把「香澄美瑠」這個同學變普通。

她的雙眼總是注視著眾人，卻沒有半個身影映照在其中。但我對此深深著迷。

我想要留在她的目光裡。

因為她確實有著我沒有的東西。

「這樣好嗎？一旦這樣做，蓮也會被孤立……」

舞菜看似擔心地看著我。

朋友很重要，當然很重要。可是在這之上，還有更值得珍重的事物。

我露出意志堅決的笑容，脫口說道：

「隨妳們便嘍。」

無論運動或是別的事情，我都在無法進步之後就放棄了。

一路走來，總是在失敗而受傷之前、在被傷害之前放棄。

而我也察覺到，這正是自己在各方面都是個半吊子的原因。

也就是說，我做什麼事都得過且過，並滿足於此，藉此逃避。

或許是因為，我總是說著想要改變，卻有個想法認為自己無法改變。

或許是因為，我覺得比起受傷後再失去，還不如安於現狀而老是放棄。

但是看著香澄，我無法再繼續欺騙自己了。

——我現在就要改變自我！

「拜拜。明天見。」

我拿起書包，走出教室。一反內心的喧囂，我的腳步不可思議地輕盈。

我直直走向鞋櫃，確認香澄的鞋子不在裡面後跑了起來。

她的所在之處，我大概猜想得到。

「我跟妳說！」

我走上階梯頂端，來到滿開的櫻花樹下。

「我跟她們吵了一架！」

跟初次見面時一樣，米露菲佇立在花瓣飛舞的櫻花樹下。一臉不解的她開口問道：

「……那是怎麼回事？」

「就是啊，我嗆他們『明天開始，我會幫助香澄，把她變成普通的女生』。這下子我的人際關係完全瓦解啦！」

「啥！」

香澄把那雙大眼睛睜得更大，嘴巴也愣愣地張開。

「為什麼……要做這種事？我跟你不是完全沒關係嗎！」

「所以我才特地跟妳扯上關係呀。」

如果不這樣做，我說不定又會打退堂鼓了。

「之前也說過，我一直在尋找能讓自己熱衷的事物。我本來覺得自己對什麼都提不起勁，很快就會厭煩，結果看來只是我自己放棄了而已。」

明明沒有所謂放棄的底線，曾幾何時我卻畫地自限，要是走不到終點便直接放棄，然後自欺欺人地想著「今天也很滿足」。

「一旦認真下去就會受傷，所以才替自己設限。我不加入社團也是這個原因，因為要是認真練習，就會知道自己的極限——這讓我很害怕。」

一味尋找藉口，我的人生總是只有八十分。

儘管不是太低分，但總覺得還差一塊拼圖。

要我在台下看著香澄獨自拚命努力，我無法接受。

那個自欺欺人卻試圖粉飾太平的自己，讓我極為懊悔，且焦躁不已。

「所以我也想跟剛才的香澄一樣。」

我無可救藥地憧憬那樣的妳，深深著迷於妳努力的身姿。

「……不要擅自下定決心啦。這叫做賣人情唷，你在強迫推銷嗎？」

「對啦，就是強迫推銷。畢竟我也想跟妳做朋友啊。」

說出口後，我突然理解自己了。

沒錯，我想跟香澄當朋友。

既帥氣又耀眼，下定決心就從不妥協，意志強大的香澄。我想成為她的朋友。

「……什麼意思？你又被冬華姊拜託了嗎？」

「這１００％是我的意願。」

「你騙人。唉——你聽清楚，我一點都不想麻煩別人。你懂嗎？」

「懂啊。」

「騙人。你完全不理解美瑠我的心情！」

「所以說，得讓我知道妳的想法啊！」

「你不需要懂！反正沒有人能理解我的痛！我希望你們繼續不懂！才不需要那種莫名其妙的同情！」

話語支離破碎。

香澄端正的五官因為氣憤而扭曲。她跑下樓梯，開始狂奔起來。

「啊，喂！不要逃啊！」

「不要！別跟過來！」

「等一下！那裡是……」

香澄朝學校的反方向跑去。

但是那邊有一條快要壞掉的平交道。

而平交道正噹噹作響著。

香澄為了逃離我，似乎打算衝過平交道。但那個平交道跟大城市裡的不同，警鈴一響電車就會立刻通過，非常危險。

儘管是當地人眾所皆知的狀況，香澄卻不可能會知道。

「危險！」

「放開我！」

「就說危險了啦！」

我在離平交道幾步的距離抓住了香澄。因為我拉住她的手臂，使她失去平衡，就這樣往後跌坐在我身上。

不到三秒，電車便從我們眼前呼嘯而過。

「～～～！」

鄉下的電車速度很慢，所以通過平交道的時間也很久。

香澄馬上就自己站起來。但是她沒有逃走，反而跟我一起站著等待電車通過。

現在對我來說可是難以多求的機會。

我往丹田注入力量，全力吸飽了氣。然後——

「我不懂啦——！」

「……咦？」

「我這種平民百姓，怎麼有辦法體會頂尖偶像的心情——！！！別強人所難啊！！」

「…………什麼，你壞掉了嗎？」

「『不受傷就得不到』，這是妳說過的話吧！那就好好面對我啊！說什麼不能失敗？妳早就一敗塗地了啦！」

「唔……你少囉唆！」

或許是因為我對她大聲，所以她也吼著應答，同時狠狠地瞪著我。

交疊在她內心的防護層脫落了。我就是想要看到她現在的表情。

「我還滿喜歡平交道的。這麼吵的地方，怎麼叫都會被蓋過去不是嗎？讓人超～爽快的。」

離電車通過還有一點時間。

「所以說，倘若有什麼話想要一吐為快，妳也來試試看吧？」

這是不停逃跑的我，從小到大的壓力消除法。

香澄一臉像是在忍耐著什麼，然後戰戰兢兢地開口了——

「…………開什麼玩笑啊啊啊！是妳自己來找我諮詢的，結果反而嫌我太嚴格是怎樣！如果妳真的喜歡他，這點程度當然做得到啊！給我努力做到啦！」

啊，終於崩解了。

「哈哈哈！」

「虧我還幫妳想減肥計畫！把時間還給我啊啊啊啊！」

「很好，就是這樣！就是這個樣子！」

「說什麼可愛就能囂張！我能可愛得讓人神魂顛倒，都是我自己的努力呀！什麼努力都沒做的人，哪有可能輕易被喜歡啊——！」

「這也……太帥了吧……！」

這也是當然的，香澄的可愛是香澄努力的成果。她的過度克己自律，也是因為她至今都以偶像的身分，認真面對粉絲的結果。

這些都不是過錯，只是她與他人的價值觀不同而已。

「……………輕鬆好多。」

電車通過以後，香澄這麼說道。

接著她露出破涕為笑般的表情，虛脫似的蹲下。

「真拿你沒辦法。好啦。」

她彷彿丟掉了包袱，喃喃地說。

「美瑠我呀，無論如何都要當個普通的女生。雖然現在還沒辦法詳細解釋，但我知道如果不改變，一定又會使人受傷。」

為什麼她會如此堅持要獨自解決問題？

若要說我不好奇，絕對是騙人的。但她說「現在還沒辦法」，也就是說，我能期待她總有一天會告訴我一切吧。

「所以我才婉拒你，以免給你添麻煩。可是你都看到我這一面了，就要做好覺悟嘍！這可是你自己捅的婁子唷！」

「我追過來的時候就已經做好覺悟了啦！」

「……這樣啊。你還是第一個這麼主動接近美瑠的人，所以就相信你吧……但是我很不喜歡單方面受人幫助。」

香澄頓了頓，接著開口：

「我把我的——香澄美瑠的『往後的』人生全都給你。如此不普通的我，異常得讓人看不見周遭的我，一定能幫助覺得人生無聊透頂的你，找到能夠熱衷的事物。」

她用嚴肅的表情說著，對我伸出了手。

「相對地，要把我變成普通的女生唷。」

「…………！」

我握起她伸出的手。

香澄瞪著我的雙眼，當然依舊沒有半點濕潤。

「嗯，說好不能背叛對方喔。」

「當然！所以才要組成共同戰線呀……就算你受傷了，我也不會讓你離開唷？我會拖著你，直到最後一刻。」

「那是我的台詞啦。」

我在找尋真正想做的事。

能讓我熱衷的事物。

香澄則是要尋找自己遺棄已久的普通。

「請多多指教嘍，蓮同學！」

我與她終於能夠正眼相視了。

於是，我們開始尋找「真正的目標」。

時間的流速總是那麼快，在那之後又過了一個星期。

我們兩個理所當然地在教室被孤立了。但日子還算和平——除了我的手機訊息通知以外。

因為我是什麼活動都會參與的性格，交友圈還算廣闊，以至於拿我來取樂的朋友相繼不斷地傳訊息給我。

要是把ＬＩＭＥ的通知給關掉，就會漏掉家人或冬姊的聯絡。為了避免這種狀況，我把關係真的很好的人留下，暫且先把其他人封鎖。結果原本有三百多人以上的「好友」，現在只剩下三十幾個人了，真讓人哭笑不得啊。

我有點難過地自嘲：「這下我的人際關係就跟火耕農田一樣啦。」結果米露菲鼓勵我：「沒問題的！我的聯絡人加上你也只有七個人而已呀。你看，這就是少數精英嘛！」

而我聽到以後，竟然在心裡偷偷覺得自己的確好像沒那麼糟。

不過她的好友人數竟然比我火耕後的還要少。為了提防緋聞，她至今的生活究竟做到什麼程度啊？

香澄的粉絲或舞菜那團的女生，有時會趁我落單之際在走廊對我口出惡言，但這些都是小事罷了。

順帶一提，舞菜在那之後發了則訊息跟我說：「抱歉。」但其實我被別人謾罵並非她的錯就是了。舞菜在表面上已經跟香澄和好，倘若她整理好心情後能再伸出友誼之手，就皆大歡喜了。

這時，在我視線的邊緣，櫻花色秀髮搖動了一下。

「……怎麼了？」

忘記提到了。我的座位被換到她的隔壁。

或許是班長希望不要再有紛爭，知道發生那場騷動之後，她幫我們找了一些理由，讓我在前幾天第一次換座位時，形式上抽中了香澄旁邊（頭獎）的座位。

「…………怎麼了，蓮同學？」

「沒事，想些事情而已。」

「那你可以不要一直盯著我想事情嗎？」

面帶微笑的香澄好像有點不高興。

「因為看向走廊那邊的話，會望見來看妳的人在瞪我。」

「你可以看前面呀？」

「就算往前看，他們也會出現在視野的邊邊啊。」

無須我多言，香澄是一位超級美少女。要問能坐在她旁邊我高不高興，絕對是很高興的。但是她實在美得不像這個世界的居民，反倒更讓我坐立難安。

況且一旦和香澄在一起，不管走到哪裡都會聚集眾人的視線，所以就算在教室裡面，我的心靈也片刻不得安寧。

「唉——果然會變成這樣……」

「啊～啊，都是因為你不快點把我變成普通的女孩子才會這樣。」

「別爽朗地強人所難好不好？妳先把在紙張空白處簽滿名字的習慣改掉啦！這樣不是連垃圾都不能隨意丟進垃圾桶了嗎！」

「咦～？我以前沒事的時候都在簽名，現在沒有握筆就靜不下來了耶。」

「那就先握橡皮擦忍耐一下。」

「好的～」

「……話說，為什麼妳隨時都能那麼開朗啊？一直被人關注不會累嗎？」

轉學過來以後，整整過了兩星期。

無論是上學途中、放學途中、在走廊走路中，就連用餐時也是，不管身在哪裡，她總是會吸引眾人的目光，被人們所談論，然後又被敬而遠之。

在這樣的環境下，香澄依然活潑開朗，面帶柔和的笑容。

那些目光多到讓我有點不舒服，甚至害我變得有些寡言。這個女生的心智跟活力到底有多強大旺盛啊？

「咦？不會累呀。這點程度我已經習慣了嘛。」

「……是喔。」

「嗯。來教你一個祕訣好了，只要專注面對眼前的人就可以了唷。」

「什麼意思？」

「假如這裡是演唱會的會場好了。會場中有七萬人，而且大家都在看蓮同學一個人。」

香澄說著，並且用手比劃了一個三角形，以示會場的形狀。

「有些人為了這個日子拒絕跟家人的活動，或是削減伙食費。可是只有兩個小時的演出，你覺得我們有辦法跟每個人都對到眼嗎？」

「很難吧……」

「沒辦法對吧？就算有人說『我花了比較多錢』、『我投入比較多感情』、『我的生活最不幸』，我也不可能知道他們的心情，更背負不起。」

雖然演唱會會場的規模是我不可能理解的世界，可是我好像能理解類似的事情。

好比說，兩個朋友同時約我出遊，而我選擇跟某一方玩，當下卻心不在焉，想著被我拒絕的朋友，對他感到過意不去。這樣一來，反而對兩邊都很失禮。

「如果沒辦法讓全部的人都幸福，至少得認真面對眼前的那個人，不然就太失禮了，對吧？要回應眼前所有人的期望實在太困難了，所以我才決定要真誠對待眼前的那一位。」

我曾經覺得香澄好像看著所有人，卻沒有跟任何人對上眼。

但是當時，我確實感覺到香澄有看向我，那是——

「如此一來，就只會看著那個人，也不會介意周遭的人群了。」

香澄說著，啪地用雙手捧起我的臉頰。

「等……！妳在做什……？」

「你看，這樣子就只能看著美瑠了吧。」

「…………」

眼前出現的是她晶瑩剔透的大眼睛，看著看著，似乎要被吸進去了一樣。

距離之近，讓我快要窒息了。而女孩子特有的香味飄進鼻腔，讓我的腦袋也開始暈眩起來。

但是這種昏昏的感覺，非常舒服。

「我……」

不斷膨脹的情感，彷彿就要迸發了一般，我連忙緊緊蓋上心中的蓋子。

儘管伸手就能碰觸到她，但香澄並非憑我一己之力能觸及的女孩子。

此時我才注意到，在她雙眼中的我正浮現不安的表情。

本來必須守護香澄的人應該是我才對。畢竟香澄的普通人經歷僅有半年，我的普通人經歷卻超過十六年，跟她相比已是老手。

然而身為老手的我卻面露不安，要是一直這麼不可靠，我根本無法幫助香澄成為普通的女孩子。

香澄自己應該也很不安才對。

一如我不習慣被人關注，想必她也不習慣與教室中這麼多同齡的人對等相處才對。

「……………抱歉。」

「為什麼你要道歉呢？如果要講些什麼，美瑠比較希望你說『謝謝』呢。」

「謝謝。今後也一起加油吧！」

「嗯。那麼首先，我想要一個朋友！」

「說的也是……話說回來，偶像還真是厲害耶，一瞬間就變得眼中只有妳了。」

「……沒什麼啦。不過美瑠本來就最喜歡蓮同學了嘛。」

「我不是說過，別動不動就那樣講了嗎！」

「咦～？不要。蓮同學那麼有趣耶，你的這一面我也喜歡。」

——心臟要停了啦。

前偶像——香澄美瑠。

我知道她絕對是個好人，卻非得設法矯正她——用道謝的口吻講出「最喜歡○○」——的壞習慣。

「各位，今天的班會要來決定班級幹部。」

面帶微笑站在講台上宣告今日事項的是這個班級的班長——久遠琴乃。

沒有半點皺摺的制服與整齊的馬尾，以及高雅的打扮，再加上良好的品行、優秀的成績，彷彿生來就是為了當班長的優等生。

她的成績是學年第一。雖然聽說沒那麼擅長運動，但她的家世是議員世家，就連外表都是偶像也相形見絀的美少女。看到她就會想要抱怨一句——世界真是不公平。

基於以上理由，她以壓倒性的支持率被選為班長。而今天要來決定其他班級幹部。

「首先來決定書記吧。」

班長運用天生的領導能力，一個接一個地決定了幹部人選。與此同時，香澄在旁邊一直有點靜不下來。昨天在跟她LIME的時候，她一下想當小老師，一下想當風紀股長，為了選幹部這件事煩惱了很久……結果她到底決定要選什麼了？

順帶一提，我想做國文小老師。

畢竟小老師這類工作多半都是負責收作業而已，其中又以國文課的作業最少，跟別的科目相比起來最為輕鬆。

「好期待唷，蓮同學。」

她也太有精神了。

因為減肥問題跟香澄爭執過的——舞菜她們——那群女生，現在正從後方尷尬地看著香澄，但香澄絲毫不在意她們的態度。

之前我試探性地問香澄：「妳不覺得尷尬嗎？」結果她回答：「辦巨蛋演唱會時，我在處處被針對的狀況下站C位。跟當時比起來的話，你覺得呢？」

妳的心是鐵打的嗎？

「…………好期待喔。」

基本上，各科小老師都是最後才選，還有一點時間，於是我開始發起呆來，雙眼卻在五秒後因為香澄的一席話而睜得老大。

「接下來是文化祭委員。有誰想自願……」

「我自願！香澄美瑠想當文化祭委員！」

香澄的眼睛閃閃發光，高舉著手。

然後，不知道她在想什麼，居然強行抓起我的手舉起來。

「啊，還有蓮同學也一起！」

……………我可沒有要做喔！

「不不不不。我什麼時候說過要當文化祭委員了！」

「嗯？你昨天不是說要跟我負責同一個工作嗎？」

「我是說過：『要是沒有別的選項，最糟糕的情況下也不是不能一起負責。』但我不是說那是最終手段了嗎！」

別把我的手舉起來！這不是在玩兩人三腳啦！

「啊，對喔。對不起，班長，蓮同學就暫時先取消好了！」

「這種狀況下，還有誰會想當文化祭委員啊？」

「咦？有吧？這是文化祭委員唷？」

「文化祭委員不是什麼高競爭率的夢幻職位啦！高中的文化祭跟妳在二次元看到的那種活動不一樣好嗎？」

香澄一臉呆愣地看著我。

冬姊……冬姊！

妳能不能讓她多學點一般常識！

為什麼要讓她在腦袋裡裝滿了漫畫知識，才送到校園生活呢？

我祈求似的看向班長。

我知道現在不會再有人舉手自願了，但或許有哪位勇者會自告奮勇也說不定。拜託，誰舉個手，舉個手吧……！

「班長？」

「呃，我想香澄同學應該也很不安才對。另一位文化祭委員就拜託柏木同學了，可以嗎？」

班上零星舉起了手。

看來沒有反對意見。

「那麼，文化祭委員就由香澄同學與柏木同學擔任了。拜託你們嘍。」

「好～！收到！交給美瑠我們吧！」

錯不在班長，這我知道。

錯在沒有好好跟香澄確認的我身上。

但是！她絕對是故意的——

我盯著班長瞧。此時坐隔壁的香澄輕輕拉了我制服的袖子。

她露出有點苦惱的表情，抬頭往這裡看。

視線自然地朝上瞄向我，這個動作實在太心機了。

「對不起唷，蓮同學，我誤會昨天的ＬＩＭＥ的內容了，還以為你會跟我一起做相同的工

作……」

「……沒關係啦，只是我們討論得不夠而已。我自己也想試著當一次文化祭委員看看，說不定能從中發現什麼收穫呀。」

沒錯。從今以後，我都要保持積極的思維，不放過任何可能找到人生目標的機會！

「…………我覺得太溫柔不好唷。」

「妳有什麼資格說我？」

「嘿嘿。下次我會好好確認的，我不想被蓮同學討厭嘛。」

香澄之所以不會惹人厭，在於她有著會深刻反省的性格，就像現在這樣。

「對了，香澄同學，那個座位沒問題嗎？因為換座位的時候，我沒有確認妳的視力……」

「沒問題。別看美瑠這樣，視力可是三．〇唷！這是人家最自豪的地方。」

她露出一副驕傲的表情說。

堂堂香澄美瑠，光是自豪這點可以嗎？

「那就好。妳可能還有很多不了解的地方，柏木同學幫不上忙時，就來找我吧。」

「妳沒事幹嘛酸我？」

「呵呵。那麼接下來是各科小老師……」

居然無視我！而且她看起來心情還很好，讓人火大耶！

「……蓮同學跟班長的關係很好嗎？」

「與其說關係好……其實我們國中時同班，偶爾也是會聊上個幾句啦。」

「喔～～這樣啊。」

「幹嘛啦？」

「我想要你介紹班長給我認識。」

「妳自己去搭話就好了吧？」

「要是我突然跑過去，可能會讓班長困擾呀！」

「妳現在懂這個道理了嗎……我、我真的好高興。」

之前的她會積極踴躍地跟同學搭話，導致同學倒地不起。一回想起當時的景況，她現在的表現讓我眼淚都要流出來了。

不過話說回來，既然能夠顧慮到人家的感受，那為什麼對我的態度就那麼隨便？

「唔～～！不要擺出一副後方監護人（註：日文是「後方保護者面」，原為偶像圈用語，指裝得一副像是某偶像的監護人，在觀眾席後方靜靜看著表演的人。近年也常用於網路節目上）的架子！」

「那是哪裡學來的說法？」

「遊戲實況？」

「妳會看喔！」

「人家也是會看那些的呀。啊，呃——……算了，反正不當偶像了嘛。」

又沒關係。偶像喜歡看遊戲實況不行嗎？

不，或許這個社會會因為這點小事就炎上也說不定。

不行。儘管我的興趣五花八門，卻完全沒有涉獵偶像文化，不知道他們是什麼狀況。

「有機會的話，就幫我跟班長說一聲吧。」

「喔。」

畢竟都在同一間教室，機會要多少有多少——

「接著要說明學年目標。最後就只剩下決定班旗了。班會剩餘的時間就自習吧。」

班長比老師還要俐落地主持班會。

也是啦，看到班長那副正統優等生的模樣，即使是香澄，搞不好也會覺得難以套近乎吧。

我暗自想著，偷偷在桌子下啟動ＬＩＭＥ，然後傳了一則訊息出去，教室中的某處隨即傳出

「ＬＩＭＥ♪」的通知聲。

「……上課中請關掉手機的電源，可以嗎？」

沒有把ＬＩＭＥ的通知關掉的是班長吧。

『你在惡作劇嗎，柏木同學？』

當天晚上，我接起來電，對面傳來了極為激動的聲音。

對方是誰可想而知。

『之前不是才唸過你嗎？上課中不要傳ＬＩＭＥ給我！』

是久遠琴乃，我們班的優等生班長大人。

「哎呀，是班長沒關手機的錯吧？」

『唔～～！今天有一場重要的演唱會門票抽選結果要公布，我才不敢關掉啊！』

「如何？有抽中嗎？」

『沒中啦！』

別看班長這樣，她可是個超級偶像宅。對她來說——偶像更勝三餐。

儘管現在的她跟在班上時的形象完全不同，但她的本色其實正是現在這一面。

記得她最喜歡的團體就是ＣＣ，可是最支持誰我就沒聽說過了。不過除了香澄跟冬姊之外的成員我都不認識，問了也是白搭。

「喔～辛苦妳啦。但我也有話要說——妳怎麼沒救我？害我要當文化祭委員了不是嗎！」

『那可是米露菲的請求耶，我怎麼有辦法拒絕呢？反正你也沒問題吧？柏木同學是個很能幹的人呀。』

「國中的時候我是滿有幹勁的啦……我現在可是萬年八十分遜咖唷。」

『八十分遜咖？那是什麼？……我比較喜歡現在的你耶。現在的話就比較好說出口了，以前的柏木同學根本就像個充滿挑戰精神的怪物，說實在的，有點可怕。』

「誰是充滿挑戰精神的怪物啦？妳才是有夠猛的咧，居然到現在都沒被人拆穿那層皮。」

『啊——啊——你好煩吶。』

其實我與她的交集並非只有國中時同班而已。

雖然我跟她僅在國二時同班，但當時的我具備充沛的挑戰精神，當了班級幹部，與那時就是優等生的她搭檔，做了一整年班長的工作。

她剛開始是個外表清秀的班長（就跟現在在教室裡的樣子一樣）。然而某次老師推卸責任，指派我們一項極為不合理的工作，必須留在學校做完。而她果斷回絕老師以後，在我面前就變得有點口不擇言了。

她偶爾會不小心在我面前抱怨，從內容中可以察覺到家裡給她的壓力非同小可。有錢人家也是有辛苦的地方呢。

我從那件事以後就學乖了，在心裡發誓不再接手班長這項工作。但她倒是國中整整三年都擔任班長，到現在也依然是班長，實在相當厲害。我猜她去年應該也是班長吧。

「我可沒有在諷刺唷，只是覺得班長妳真的很厲害。」

『……現在不在學校裡了，請叫我琴乃吧。』

「是是～」

『啊——累死了。老師好煩喔。說什麼：「有久遠在就安心了。」這可沒有薪水領唷！真是難以置信！』

要是那麼累，辭掉不就好了——

就是因為我不會對她這樣講，她才會放心跟我抱怨吧。

『好，我決定了，現在就來開一袋洋芋片。』

「哦，讚喔。我也來開一袋。」

『你確定嗎？現在是半夜兩點唷？』

「沒關係吧，明天放假啊。」

『說的也是……你不能只吃個兩三片然後就逃跑唷！柏木同學要陪我到最後，分擔我的卡路里才行。』

「那是當然的。沒吃完就放著的話，餅乾會受潮啊。」

『你很上道嘛，柏木同學。要是不吃完就太對不起洋芋片了呢～』

夜行性，價值觀契合，互不干涉對方的生活背景。

——這些是我與她的共通點。

我們就算沒有相同的興趣，卻仍能像這樣長時間往來，也許就是多虧這些共通點吧。

『那個……今天你這麼快就接手文化祭委員的工作，真的幫了大忙。很謝謝你。』

「沒什麼大不了的。班……琴乃才是，辛苦妳了。」

『沒什麼大不了的，這是工作呀。啊，今天來開一罐可樂好了～』

「哦，真稀奇耶。」

選班級幹部讓她很疲累吧。

『這是我給自己的獎勵，沒關係的。話說，柏木同學居然跟米露菲認識，未免也積了太多陰德吧。』

「看來我上輩子大概拯救了世界呢。」

『我可沒有說得那麼誇張。不過要是你還認識其他偶像，那可能真的拯救過世界了吧……有夠讓人羨慕的。』

……我跟冬姊從小就認識耶。這個祕密要死守一輩子了。

而且方才我似乎感覺到有點糟糕的氛圍。

「琴乃該不會主推香澄吧？」

『沒有啦。不過活生生的米露菲光是待在教室裡，感覺就連空氣都變美味了——大概喜歡到這種程度吧。果然偶像就是得要這麼耀眼才對呀…………』

「已經夠喜歡了吧？虧妳平常有辦法藏住偶像宅的一面。」

『少囉唆。我要找人聊的話就會逼你聽啦，一點問題也沒有。』

「……是是～隨便妳啦。」

班長她總是會突然說這種話偷襲我，真是狡猾的傢伙。即便明年分到不同班，她應該也會像現在這樣跟我聊天……一想到那個景況，嘴角便不由自主地上揚，真讓我困擾。

出於慣性地玩著社群網遊的我翻了個身，閉上雙眼。

「啊，對了，香澄說想跟妳做朋友，要我幫忙介紹一下耶。」

『唔……嗶。』

「妳說啥？」

『我會死。不行，請幫我委婉地回絕。她太神聖了，我的眼睛會瞎掉。聽好了，本來米露菲可是不能跟我們這種凡人扯上關係的，明白嗎？她只是剛好降臨到班上而已，這是bug，懂嗎？你被她閃閃發光的眼睛盯著，怎麼還有辦法呼吸啊？她的眼睛跟寶石一樣，大概已經不是「克拉」這個單位能夠衡量的了。況且那跟絲綢一樣的肌膚是怎樣啊？超級律己的個性我也超推。想當然耳，那副美貌可是需要付出很多努力才能得到呢。米露菲只要嫣然一笑，那個空間就是天界，然後三步驟完成創世、建國、繁榮。是說呀——』

「停了停了。」

滔滔不絕的小宅女，給我冷靜一點！

講話都不用換氣的喔？可疑感爆表耶。在教室裡的冷靜都飛哪去了？

資訊量太大了，我的腦袋瓜裡面只留下「建國」兩個字。

琴乃是個非常懂得處世之道的人。

看起來從不為任何事困擾，生性認真的她，是大家的模範優等生——

『……話說，我又失敗了。這次也沒能在自我介紹時告訴大家我喜歡偶像。』

「乾脆直接說出來就好了嘛。」

『啊哈哈，要是傳到家人的耳裡，我的寶貝周邊全都會被丟光光吧。到時候請務必讓我把它們帶去柏木同學家避難唷。』

在模範生的形象背後，她總是盡力讓自己的興趣與表象能夠兩全。

這樣的身姿實在令我炫目不已。相較之下，我能夠盡情做喜歡的事，與琴乃相比算是很好命了，卻連一個能貫徹始終的目標都沒有，想到就覺得自己有點空虛。

『話說回來，你有看嗎！昨天的ＦＮＧ歌謠祭！ＣＣ果然最讚啦！米露菲離開以後，小冬的狀況一直都不太好，讓我有點擔心呢，不過現在完全復活了。而且她唱的曲子可是「氣泡Happy」唷！那可是原點更是頂點……』

「等等，我還沒看ＦＮＧ。」

『你、你說什麼！不可置信……好，那你明天絕對要看完給我感想唷。不然你寫成報告寄過來給我好了，這樣解析度（註：宅用語，意指妄想的清晰度）才高！』

「也太累了吧。」

『那作為交換，我會告訴你數學作業的答案。』

「優等生呀，妳有必要做到這個程度嗎？」

壓力……有夠大……

「話說回來，CC裡面妳最喜歡誰？」

『小冬呀，白樺冬華。柏木同學至少知道名字吧？』

「呃，嗯。」

我頓時不寒而慄。

與其說知不知道名字，她可是我的青梅竹馬啊。

還在想班長該不會喜歡冬姊吧……沒想到被我猜中了。

琴乃並未察覺到我的焦急，用充滿幸福的聲音繼續說道：

『小冬的魅力呀，一言以蔽之就是「包容力」。那女神般的容貌加上眼角的性感淚痣實在太棒了，而且她真的就跟女神一樣溫柔呢。』

「但是不只如此對吧。她也有冷酷的一面。」

『說得沒錯，她在大賣祈願之旅中還會給意志消沉的夥伴們忠告……咦？柏木同學知道的很多嘛？』

「啊，那個……我的青梅竹馬是她的粉絲。」

『真的嗎！真是太好了！可以的話下次請介紹給我認識！』

那個人就是白樺冬華本人──不過我當然說不出口，只能給出模稜兩可的回答。我哪天說不定會被琴乃殺掉。

在那之前，得提升琴乃對我的好感度才行。

「我會寫一份FNG歌謠祭的報告給妳。不如說請務必讓我交一份報告。」

『怎麼了？那麼突然。柏木同學有什麼事想拜託我嗎？』

「沒呀，沒有事要拜託妳啦。」

『好可疑唷～啊，要是柏木同學在意我會同擔拒否（註：御宅族用語，意指不想與支持同一個偶像、角色的人分享或交流的心態及行為）的話大可放心唷，我覺得大家都是同伴！除了會給人造成麻煩，或是想跟偶像攀關係的粉絲以外就是了。』

「放心，我不在意。」

我秒答。差點就要變成「同伴」了。

說起來，原本就跟偶像有關係也算在處刑範圍內嗎？

我下定決心，無論如何都不能讓琴乃知道我跟冬姊是青梅竹馬這件事。

「總、總之，有個喜歡的偶像，這種生活也不錯嘛。嗯。」

『真的就是這樣呢。支持推崇的偶像就是我的生活意義，是我的光。所以米露菲不當偶像的時候，大家都好像在服喪一樣……啊，話說回來，有件事忘記問了。柏木同學，你知道米露菲為什麼會離開CC嗎？』

對於她突如其來的問題，不知為何，我心臟的鼓動突然加速了。

「應該是想變回普通的女孩子……吧？」

『這個我是知道啦，不過只是想上學的話，進表藝班就好了吧～』

「……說的也是。」

聽她這麼一說，確實如此。

儘管詳情記得不是很清楚，我卻對香澄宣布要畢業這件事有多突然留下印象。當時為了探究香澄的意圖，各家雜聞秀（註：日本的一種新聞型態，以社會、娛樂圈新聞為主要節目內容）可說是卯足全力。

『不過只要米露菲現在能幸福，我什麼都能接受。我是沒什麼資格說別人啦，然而局外人在那邊說三道四真的不太好。』

「這麼說也對。」

我被拜託的任務是把她變成普通的女孩子，而非探究香澄的想法。

不管是誰，都有一兩個不想被人揭穿的傷疤，大家都是這樣活過來的。

『姑且讓我確認一下。柏木同學應該沒在跟米露菲……那個……交往……………吧？』

「沒有。」

『我想也是！』

「我要上網搜尋『回答　擅自插嘴下結論　為什麼』了喔。」

『哈哈哈——』

喂，這可不是笑點呀！

『啊——好久沒有跟柏木同學聊天，感覺放鬆了不少。如果你回答「交往中」，我就要痛下殺手了呢。』

「妳要殺誰啊！」

『到底是誰呢？』

怎想都是我吧？混蛋。

『那我差不多要回去念書了。』

「……妳知道現在幾點嗎？」

現在時間是凌晨三點。

『哈哈哈，就是要在半夜念書，效果才會好呀。』

「可別生病喔。」

『好～……那麼，再見嘍。』

「嗯，再見啦。」

道別之後，我隨即閉上眼……可是感覺睡不太著，所以又爬出被窩。

「來想一下星期一之後的作戰好了……」

這次我絕對要讓香澄克制自己，讓她不要突然就使出那個跟魔法一樣的拋媚眼。

「啊，蓮同學，早安呀……？咦，為什麼要拿著奇異筆？」

「我決定，今天妳只要拋媚眼一次，我就在妳手上畫一個星星。」

「為什麼？」

「普通的女生不會在日常生活中拋媚眼，也不會有人特意要求別人這樣做。」

「真的假的！你在開玩笑吧！」

在開玩笑的是香澄的腦袋吧。

香澄一邊拋媚眼一邊問：「這樣哪裡不行了！」很好，有罪。

我默默地在她的手背上畫了星星記號。

要在那柔白又細緻的肌膚上塗鴉，還真需要勇氣呀。但是沒辦法——

這也是為了香澄好。

「啊——？」

「這樣就能數出妳犯罪幾次了吧。」

「犯罪？拋媚眼是罪嗎！」

「當然是啊！妳知不知道有多少同學被這招擊沉了！」

香澄本身已經是個美少女了。一旦吃到美少女香澄拋來的媚眼，就跟挨了一記致命傷沒兩樣。

正值我跟香澄解釋之際，琴乃搖搖晃晃地從前方走了過來。

「……我做得到。人家還是想要跟米露菲當朋友，況且還有柏木同學在，他會推我一把的。我做得到，我做得到，我一定做得到。」

怎麼了嗎，琴乃小姐？

「那、那個！」

該不會她把我前兩天說過的事放在心上，所以來跟香澄搭話了嗎！

「香、香澄同學，早安！」

「……我呢？」

「啊，柏木同學也早。」

「我是順便的喔？」

琴乃面紅耳赤地顫抖著。

話說回來，我們平常都是用電話聊天，好久沒有直接對話了，感覺好奇怪。

「…………！」

「香澄？」

香澄興奮地拍了拍我的背。我才剛問完她：「怎麼了？」突然間，她就緊緊握住琴乃的手說：

「早安！班……久遠！」

「咦！妳記得……我的名字……」

「當然記得呀，我已經把班上所有人的名字都記起來了。」

「哇，真厲害耶。我可還沒全部記住。」

「呵呵，別看我這樣，其實超級擅長記人名呢。跟妳說唷，之前在班上發生一些事情以後，久遠還是第一個來跟我講話的人耶！我真的好高興喔！謝謝妳！今後請多多指教，久遠！」

香澄隨即拋出一個完美的媚眼——

「……嗯？久遠？」

「唔呃……」

「久遠——！」

在極近距離收到粉絲福利——琴乃升天了。

「…………香澄？」

「剛、剛剛的該怎麼說呢？算是下意識吧……」

「妳就是會下意識這樣搞才糟糕啊！」

我把步履蹣跚的琴乃送到保健室。而香澄手上的星星又增加了。

看來香澄美瑠邁向普通女孩的路途，還長得遠呢。

我想要一個能夠熱衷的目標。

這是從我打從懂事以來的煩惱。

我是雙薪家庭的獨生子，父母都很忙碌。懂事後的我一直很努力找事情做，以消磨等待父母回家的空閒。

光憑回家作業，根本不夠填滿我的空閒時間，所以我開始運動，也會跑圖書館，或是跟冬姊玩桌遊。後來聽從父母的話，我也曾經一度專注於課業。

然而，全部都在中途感到厭倦。

在那之後，我還迷上玩樂團，也稍微學習了如何作曲，卻未曾將作品投稿出去。我也試過繪畫，但沒有持續畫畫的才能跟熱情。就這樣得過且過地找尋「下一件」目標。

自己適合什麼？我完全不得而知。

國中時，我因為遊戲的話題而結交了一位朋友。某天被朋友問到等級，我一時對他撒了謊。時至今日，那位朋友仍然在玩那個遊戲。而自那天跟他暢談以來，我的等級完全沒有變動。

以前我確實很喜歡那個遊戲，此言不虛。跟朋友聊天的時候，我真的很開心——只是沒有繼續玩下去而已。

就這樣，我總是飄飄然地喜歡上某項事物，接著在不知不覺間跟不上周圍後逕自放棄。也因為如此，我無心插柳開展的交友圈，同樣會在不經意時逐漸疏遠我。這一切都讓我深感厭煩。

我變得對任何事都博而不精，能在自我介紹中提出來的長才一個也沒有。

這也是為什麼，我一直想找到能讓自己熱衷的、真正想做的事。

那剛好是冬姊通過偶像甄選，成為cider×cider的一員出道，前往東京發展的時候。

也就是說，當下的我非常焦急。

一直與我玩在一起的冬姊找到了自己的舞台，順利地振翅高飛。她被眾人包圍，被眾人喜愛，看起來很幸福的樣子。

我不禁思索著——為何與冬姊相比，自己反倒一直原地打轉呢？

於是我埋頭挑戰各種事物，卻遍尋不著熱情，隨著時間經過又倦怠厭煩，整個國中時期都在重複這個輪迴。

持續挑戰也是需要體力的。一而再再而三地挑戰各種事物，發覺不適合之後又再找下一件事做，結果能挑戰的事物也會逐漸減少。

因此要說現在的我是什麼類型的人呢？就是個適合博而不精的人吧。我開始努力改變思考方

式，接受這樣的自己……照理說是這樣。

『我一定能幫覺得人生無聊透頂的你，找到能夠熱衷的東西。』

然而我卻握住了香澄的手。這是因為內心某處有種心情在驅使著我，讓我極度渴望找到「真正的目標」吧。

「美瑠活到現在，總是被人說：『妳看起來好像很開心嘛。』所以還滿有自信的唷！」

還是說，其實是因為我夢想著「只要與香澄在一起，就能找到那件事」呢？

「就交給我吧！」

或許兩者都有吧？

黃金週第一天——也就是今天。

我與香澄決定執行遠征（約會）作戰。

「那麼首先，你能告訴我目前最感興趣的東西嗎？」

「……現在沒什麼特別感興趣的耶。」

「如此一來，就要先找到能讓你感興趣的東西了呢～！」

尋找「我能熱衷的事物」的其中一環便是整理資訊。起初我們主要是針對兩項——一個是

「我至今為止有興趣卻放棄的東西」，另一個是「今後想要試試看的事情」來討論。

出乎意料地，香澄好像打算認真面對我的問題。

「嗯～那我看，下次放假的時候我們就去遊樂園吧？」

「……為什麼？」

「久違地想去看看嘍。」

只是香澄自己想去玩吧？

「開玩笑的啦。我只是想說從比較多人沉迷的項目來試試看。社群網遊的話你幾乎都碰過了吧？運動算是偶爾為之，創作類型的多半也試過，對偶像則是覺得太炫目了對吧？既然如此，沉迷人數次多的就是喜歡主題樂園的人了，我是這樣想的。」

「咦？但我因為父母都很忙，完全沒機會去，對主題樂園一點都不了解唷。」

「所以才要去啊。這樣搞不好就會喜歡上了，不是很好嗎？」

「原來如此……！」

好厲害，她真的有仔細思考過耶。

光憑我自己想，自然只會注意到自己有可能喜歡上的東西，或是有可能做得好的事情。往沉迷人數多寡的方向設想，對我來說算是個盲點。

「更何況，我也只有因為雜誌或電視節目的企畫去過遊樂園。總覺得這也是訓練自己普通地

享受事物的好機會！根本是一石二鳥呢！」

「喔……」

確實是這樣。為了節目企畫而去的話，不用排隊就可以玩到設施，卻也沒機會煩惱要戴哪個髮箍。那些對我來說很稀鬆平常的事，她應該都沒有機會體驗到吧。

「而且大家的注意力都放在遊樂園上，我變裝得簡單一點應該也不會被注意到才對。這樣你也不必擔心我會暴露身分，可以開心享受啦！」

「我從來沒有想過，會有覺得香澄如此可靠的一天。」

「有夠失禮的耶！美瑠認真起來就是這樣唷！」

那妳也給我從一開始就在校園生活裡認真起來啊。

「那我就先去買票嘍，可以嗎？」

「當然，我之後會給妳錢。」

「了解！對了，你知道120%享受迪士特尼樂園的方法嗎？」

「不是說過我不懂遊樂園了嗎……」

香澄一臉自豪地開口道：

「讓我開門見山地告訴你吧！此時此刻，沉迷主題樂園大作戰就已經開始了！一旦征服事前準備，就能征服迪士特尼樂園。首先要來想想當天穿什麼衣服，還得決定各設施的攻略順序呢。

遊行要在哪個位置才看得清楚，也要查一下才行……你有在聽嗎？」

「有在聽啊。我只是在想，以前我都沒有注意過這些事，原來主題樂園還能玩得比我以為的更徹底呀。」

「呵呵。我跟你可說是命運共同體。儘管放一百個心，跟我走就對啦！」

她這麼說著。而我絕對不會告訴香澄——她那開心笑著的樣子，是最心機可愛的。

在那之後，香澄似乎幫我查好了資料，我就依循她的指示做足了準備。首先，要來挑選當天參戰的服裝。髮箍已經決定是最保險的Mr. Mouse樣式，衣服則在網路上購買。我選了黑與白的素色穿搭。

由於我只相信白襯衫與牛仔褲這種搭配，外加香澄走在購物中心根本醒目得不能再醒目（她也不想走在穿得很矬的我旁邊），所以香澄只能在網路上選購衣服。

「啥？這種破褲子誰要穿啊！」

「就是蓮同學呀。這可是現在的流行唷！」

像這樣，在教室一邊爭論一邊挑選衣服的我們，看起來一定很可笑吧。

相反地，香澄的穿著打扮則由我構思。因為那傢伙起初可是打算穿Ms. Mouse形象——黑、白、紅配色——的禮服去遊樂園啊！保證會在社群媒體上爆紅一波。

穿那種衣服，就像是在對遊客大喊：「我是偶像，請來找我，我在這裡唷！」一樣。

於是我選了白色襯衫與黑色的短裙，好不容易才讓她接受了這個組合。這才是普通女生的穿搭嘛。大概啦。我也不確定。

接著，我們著手調查現在這個季節會舉辦的遊行，以及思考如何占位置。

剛好從昨天開始，有個叫做「夢想成真」的遊行開始了。據說其中某個橋段，遊客們能一起在遊行跳舞。

因此，為了全力跟主題樂園的角色們共同享受舞蹈，在前偶像——香澄老師的編舞下，我們從那天開始了特訓。

「不是這樣啦——！你有好好看過TicTock嗎！」

「所以說！沒有舞蹈經驗的我，哪有可能只用看的就學會跳舞啦？」

我邊叫邊死命挑戰。但是說白了，練到現在動作依舊很奇怪。我打算當天再模仿香澄的動作，設法撐過那個橋段。

接著，我還思考了如何隱藏香澄的容貌，甚至考量遊樂設施的排隊時間，自己製作了一份迪士特尼樂園的地圖——然後週末終於到來。

我們比平常上學的時間還要早起，此刻正在迪士特尼樂園的入口等待開放入園。

「唉……感覺光是制止香澄拋媚眼的習慣，這個星期就結束了。」

「所以我們現在才會來迪士特尼樂園呀，把現實忘光光吧！」

「能忘得這麼乾脆反倒讓人欣賞呢，最喜歡了。」

「喂！不要模仿美瑠的口頭禪！」

就算妳這樣講，但我們無時無刻都在一起，不想也會傳染啊。

最近因為香澄，我好像聽了一輩子份的「最喜歡」了。

想到這裡，我頓時覺得偶像真的好厲害。

我從來不認為自己總有一天能帶給人們任何影響。

「好，那我們先來確認一下。首先是門票，ＯＫ。現在不用買票，只靠Ａｐｐ就能入場真是太好了呢。」

「把這個拿去像驗票口的地方掃描一下就好了吧？」

「沒錯！接著是頭飾。我們已經先在車站前的店家買到了，裝備齊全！」

香澄得意洋洋地說著，晃了晃她頭頂上可愛的Ms. Mouse髮箍。

她的情緒從剛才就一直很高漲，讓我很擔心會不會被粉絲發現。不過為了防止外貌暴露，她早已戴上口罩與手套，把自己給打扮成Ms. Mouse的造型。只要不湊近觀察，想必就不會被認出是香澄美瑠了吧。

只不過因為她惹眼的身形，周圍的視線時不時就會瞟向這裡。

此時的香澄簡直就像某節目的時尚大考驗一樣，從上往下審視我——這身穿不慣——的黑白素色穿搭。

「嗯嗯，果然很帥呢。」

「……喔。」

她的說法太直接了，讓我有時候不知道該怎麼反應。

要是用更偶像一點的說話方式就算了，但她只有這種時候才會平淡地誇獎人，我覺得這點應該要判有罪才對。

「蓮同學，你剛剛覺得我在說客套話對不對？」

「對啊。」

「為什麼要懷疑我咧～？這是我搭配的衣服，絕對很帥氣的呀。」

「什……。」

這番話連我能否定的空間都剝奪了，實在是狡猾的生物！

「香澄穿這樣也很好看。」

「謝謝。哈哈哈，耳朵都紅了唷。明明不用勉強自己嘛。」

「什……！」

我猛然用手遮住自己的耳朵，惹得香澄嗤嗤笑。她開口說：

「就算不是為了變普通或是防止身分曝光，下次約出去的時候也絕對要再請你幫我挑衣服。」

「……為什麼？」

「因為人家想要蓮同學再誇我一次嘛。除此之外還有別的理由嗎？」

「就說……！」

妳這樣講話太心機了啦！

在那之後，我們一邊閒聊，一邊等待迪士特尼樂園開門。入場時順便拿了快速通行券，隨即衝刺跑到最受歡迎的遊樂設施。

馬不停蹄的我們並未停下來休息，到了事前調查過的咖啡廳享用早餐，接著用快速通行券搭乘下一個設施，最後找了個觀賞遊行的好位置，鋪上野餐墊。過程堪稱完美！

距離遊行開始還有一點時間，終於可以稍作休息了。

一旦做到這個程度，感覺「來遊樂園玩」本身就能視為一種競技了呢。

「好厲害啊……那些認真玩迪士特尼樂園的人……」

「對呀。把事前調查也算進去的話，過程真的相當繁複耶。」

「可是好像很久沒有玩得那麼開心了。」

「真的嗎？太好了！」

香澄笑著舉雙手歡呼。

「為什麼妳會那麼高興啊？」

「當然會高興呀！……老實說，美瑠一直都很在意，好像都是自己在給蓮同學添麻煩，總覺得有點過意不去呢。這下終於能有一點貢獻了，讓我很開心唷。更重要的是可以像這樣一起享受在遊樂園玩的時光，真的很高興呢。」

「……在說什麼啦？我要是不開心，就不會玩得那麼認真了。」

況且，這麼認真陪伴我的人，至今為止就只有妳一個。

「……我才要跟妳道謝。謝謝妳陪我一起尋找能讓我熱衷的事。」

「如果你要這麼說，我才是不停給你找麻煩的人吧。」

「確實是這樣啦。」

「一般會在這個當下附和嗎？」

話雖如此，倘若香澄只是一個任性的偶像，我早就放棄治療她了。正因為她是香澄才值得。

當時她用認真的眼神跟我握手，我也知道她付出了多少心力，所以才有辦法為她盡心盡力。

「對了。離遊行開始還有時間，要來拍照嗎？」

「咦？美瑠我打扮成這樣，拍了還看得出是誰嗎？」

「無所謂吧。又不是要像偶像們把照片貼上部落格那樣，只是想當成彼此的回憶而已。」

「……說得也是。唉——我總是會下意識地用偶像的標準思考，這真的是壞習慣呢。」

「還好啦。一般女生也會很認真地挑選照片上傳到社群媒體，這種事很普通不是嗎？」

「你真的是個好人耶。」

香澄看似深有感觸地說，隨即打開手機的相機。

「我想用App來拍照，所以就由我來拍嘍。三、二、一……哇！」

這個瞬間，一股暴風吹襲而來，香澄的秀髮被風捲起，直擊我的顏面。

「哈哈哈！欸你看，我拍到了很厲害的照片喔！」

「為什麼只有我的臉那麼蠢？」

照片中——就算面對突如其來的暴風，香澄依舊大大地睜著眼睛，瀏海也沒有散亂。而我則是遭到香澄的頭髮襲擊，半開著眼。

那個……我可以哭嗎？

「妳還真厲害啊。該怎麼做才能弄出跟鐵壁一樣的瀏海呀？」

「事前準備可是偶像重要的工作唷。無論身處何時何地都要活得可愛才行，對吧？」

「……都已經不當偶像了，可以稍微放鬆一點吧？」

「我訂正一下剛才的發言好了，不是『偶像』而是『女孩子』。難得人家第一次來迪士特尼

樂園約會，可不想被瀏海干擾興致呢！」

咦？她剛剛是不是輕描淡寫地發表了很猛的內容？

第一次來迪士特尼樂園約會？香澄嗎？

記得初次見面時，她的確好像說過要防止緋聞什麼的……那是說真的？

更重要的是，原來不是只有我隱約覺得這是約會。

「來重拍吧。就算不會上傳到社群媒體上，也該幫你拍一張好看的照片呢。」

我的腦袋好像當機了一樣，香澄則若無其事地調整起手機的角度。

喀嚓一聲，她按下手機的快門。

後來我回頭檢視那張照片——畫面裡是連耳根都紅掉的我，以及臉頰些微泛紅的香澄。

「等一下，來了……你看，蓮同學快點站起來！」

香澄突然說道，並且猛地站起身。

「什麼？」

「遊行要開始了呀！你以為我是為了什麼才幫蓮同學做舞蹈訓練的！不就是為了180%享受遊行嗎！」

宗旨跟一開始不一樣了啦！

原本是為了協助我找到能讓我熱衷的事物吧？——話還沒說出口，我就注意到香澄在不知不覺間，已經比我還要起勁了。

「……所以我才會是遜咖啊。」

與香澄相比，我對事物投入熱情的速度差太多了。

儘管不想一句話下定論，可是在某種意義上這可以算是才能了吧。

我幾乎能斷言，她一旦專注在眼前的那個人身上，即便有上萬人呼喊自己的名字，她也不會動搖。

那是會使自己看不見周圍，「熱衷」於某件事物的才能。

「好吧，我也來認真一回好了。」

讓你們看看吧！被魔鬼教練香澄美瑠嚴格訓練出的，我華麗的遊行舞蹈——！

「…………不不不。」

燃起的氣勢瞬間萎縮了。太猛了吧，那是什麼？

香澄的舞姿，就連在旁邊跳舞的我也被深深吸引，宛如訴說著她發自內心的喜悅一般。

戴上很多變裝道具的香澄，照理說應該看不到臉蛋了，她卻比遊行花車上的角色們還要吸引眾人的目光。

「太厲害了！」「好帥！」「看起來好開心！」「這是在拍宣傳廣告嗎？」

她被此起彼落的歡聲包圍，附近的遊客，已經沒有人在看遊行了。

我默默地移動到人群後方，注視遭到遊客們包圍的香澄。

呃──那個……我該不會，跟一個很不得了的女生組成共同戰線了吧？

遊行結束後，周圍的遊客紛紛為香澄獻上掌聲，她則是一臉呆愣地望著眾人。我迅速將她給帶離現場，還唸了她一頓：「結果又引起關注了不是嗎？」接著繼續前往遊樂設施排隊。此時看到隊伍預估等待時間的香澄，展現了令我無比滿意的反應：

「什麼～～！我們要坐這個？要等很久耶！開心的時間就只有一瞬間而已！」

「這種東西就是這樣，連同排隊時間都是遊樂設施的一部分。」

「好、好深奧…………」

「才沒有，哪裡深奧了？對一般人來說這樣很普通啦。」

不知為何，香澄一副很感動的樣子。我跟她在排隊時一路東聊西聊，感覺時間一下就過去了（不過雙腳也快鐵腿了）。

「好開心呀～～！但總覺得我以後或許只能跟蓮同學來了。」

「為什麼？」

「那是我要問的吧？明明等待時間這麼長卻能如此開心，都是多虧在我身邊的人是你呀。」

「唔～～～～！」

她天真爛漫的笑容，給了我疲勞的腦袋一記暴擊。

很好，疲勞都飛到九霄雲外了。

「真的很好玩呢，迪士特尼樂園。」

「對呀。我也是第一次私下來玩，實在太開心啦～」

晚上的遊行也看了。把該買的紀念品都買齊之後，我們搭上回程的電車。

由於比較早出園，我們運氣不錯地找到兩個相連的位置，可以坐在一塊。

另外，香澄為了防止長相曝光，到現在依舊戴著全套迪士特尼裝備。周圍的人們紛紛脫掉變裝道具，彷彿只有她仍在沉浸在遊樂園一般，看起來相當有趣。

「所以你覺得怎麼樣？迷上遊樂園了嗎？」

「是很開心啦。可是要問我會不會沉迷，總覺得感覺不太對耶。我的確喜歡Mr. Mouse，卻不會為了見他而排上兩個小時的隊。再加上我應該算是室內派的，照今天這種玩法，體力跟精力都會先到極限吧。」

況且在遊行中，她也讓我看到了自己的極限。

不過我不打算告訴她本人就是了。

「啊——這樣呀。說的也是。論真說我也比較喜歡待在室內，所以可以理解。最多也是一個

月一次為上限吧。我現在也好想睡覺喔。」

香澄說著，「呼啊～」地打了個哈欠。

「你看，溫溫熱熱的，對吧。」

她把手貼到我的臉頰上，證明她真的想睡了。不知該說都怪她，還是多虧了她，我一瞬間緊張得睡意全消。

心機小動作，有效驅散疲勞。

「不過今天學到了很多東西呢！之後再來嘗試室內活動吧。只要把範圍縮小到『至今未曾挑戰過的事』就好啦。」

「哦～好積極。真可靠。」

「事到如今才這樣說？我可是一直都很可靠的唷～！」

「這倒也是。」

可靠到要我拿她當範本，只讓我覺得不自量力。

我在心裡如此嘟囔著，然後感受著香澄的體溫，緩緩地滲透到身心之中。

還以為有個連假隔著，情況多少會改善。然而我這種逃避現實的想法似乎太天真了。

『謹記避免在生活中展現偶像的風采跟光彩。』

我們立下這個目標後，便開始了「將香澄美瑠變回普通女孩」的戰役。只不過到現在，我們兩個在班上依舊沒朋友。

「我們真的差不多該設法處理一下了，這種生活。」

「唔～～美瑠覺得最近自己已經很努力克制拋媚眼的習慣了耶，想要簽名的衝動也壓抑下來了，你應該要誇獎我才對！說到底都是蓮同學的努力不夠吧！」

「那妳就再加點油，讓自己別那麼顯眼啊！」

「做不到。美瑠我太可愛了。」

「咕……確實很可愛，就是這點最讓人不爽！」

美瑠輕輕歪過頭，嗤嗤地笑了。

在旁邊偷看到這個瞬間的幾位同學都被她的美貌擊倒，趴在桌面上。

這種狀況真的沒辦法解決嗎？

順帶一提，倒下來的幾個人之中也包含了琴乃。照這個情況來看，過不了多久，她的偶像宅身分就會曝光了。加油，極限小宅女。

話雖如此，最近我都能提早在香澄惹出麻煩之前察覺，所以她已經不像之前那樣突兀了。多虧了香澄的普通筆記本與她真誠的態度（或者該說她的可愛小心機），儘管步調緩慢，但班上的同學們也開始接納她。

只是即便大家逐漸接納香澄，畢竟先前發生過一次大爭執，舞菜那一團女生依然跟香澄保持互不干涉。不過並未造成實質上的傷害。

除此之外，我在走廊上被人罵「別給我囂張喔」的次數也漸漸減少了。萬歲！

如此這般，開始多少會有人藉由交流班級事務來搭話。然而香澄見一個殺一個，每個來搭話的同學都被徹底擊潰，這就是我們眼前最大的問題。

「總之先記住這點——別動不動就對人說『最喜歡你了』，會有人掛掉。」

「我這樣已經算是很努力注意了唷？……再說明明蓮同學一點都不會害羞呀？這又是為什麼？」

「我是因為有冬姊在才培養出了抵抗力，勉強能撐過去而已，其實五臟六腑也是痛苦不已好嗎？可以的話，現在開始就算面對我也不要再那樣說話了，拜託。」

「呵呵，大家都說美瑠的『最喜歡』就跟打在心窩的重拳一樣，會慢慢產生效果……」

「妳在得意什麼啦？」

依這個狀況看來，她距離成為普通的女孩子還有一大段距離。總之，我得讓她改掉經年累月養成的偶像習慣，無論如何都只能從這點開始著手了。

教室的角落現在已經變成我們常待的地方。就在我們打算開始作戰會議之際，很稀奇地，班上的一位男同學朝我們走近。

「那個……柏木同學，還有香、香澄同學。昨天出的作業……數學圖表的那個……老師要收作業簿……我幫你們一起交過去，可以給我嗎？」

「真的嗎？謝謝你～！最喜歡你了！」

「唔…………！」

「就叫妳不要這樣了……等等，沒有呼吸了啦！快點送保健室！」

「噯？咦！對不起？」

就這樣，又一位光榮犧牲者出現了。

至於香澄雖然滿臉歉疚，卻又擺出一副無可奈何的樣子。

「…………香澄！」

「因、因為不做到這個程度的話，人家就不會對我感興趣嘛！你看，我至今都沒認識蓮同學

以外的朋友……」

「所以我說過這裡不是握手會了吧？別用握手會的要領來溝通，懂了嗎？現在香澄在做的事不是在交朋友，而是在增加粉絲呀。」

「……好啦。」

香澄的表情蒙上了一層陰影，看起來相當失落。

琴乃的視線從遠處飛來，刺得我好痛。

見香澄如此沮喪，讓我覺得自己確實說過頭了，有點氣餒。

「啊——真是的！我不是指傳達『喜歡』的感情給別人是錯的哦，有時候朋友之間也會這樣說話。可是這句話不要濫用比較好……」

「我知道。但是……～～沒事。」

要是我能對她說：「妳絕對有事想說吧？」事情就簡單多了。然而在本人想要改變之際又多嘴追究她的話，感覺不太好。

這件事情最大的癥結在於——香澄實在沒有惡意。

「話說，他還真是個好人呢。專程來收我們的作業簿。」

「畢竟人家是數學小老師啊。」

「……原來如此。反倒是我們完全沒有工作耶？」

「因為是文化祭委員嘛。我們學校舉辦文化祭的時間是六月，所以差不多要在班會上討論活動內容了吧。」

聽說文化祭原本是在秋天舉辦的。但校方為了讓文化類（註：活動內容較靜態的社團統稱為「文化類」）社團的三年級生提早引退，專心準備考大學，才會把文化祭變更到六月。

「原來如此。哎呀，反正有蓮同學在，應該沒問題吧。」

「妳在說什麼？我們兩個要一起做吧。」

「這可不是想要偷懶唷，我就是這麼信任蓮同學呀～」

「呃，那個……」

「呵呵，美瑠好喜歡讓蓮同學困擾。」

「我不喜歡。」

「我知道～」

香澄說完，露出惡作劇般的微笑。我覺得要是她平常也能這樣笑，而非耀眼過頭的偶像笑容就好了。然而要封印長年養成的偶像習慣，想必不是一件容易的事吧。

別看香澄這樣，她的個性可是很認真的。

明明至今為止的偶像生活極為忙碌，她卻跟得上學校的課業，也未曾忘記交功課過。就算有時候整個人因為睡眠不足而搖搖晃晃，她也不曾遲到，依然每天都到校上學。

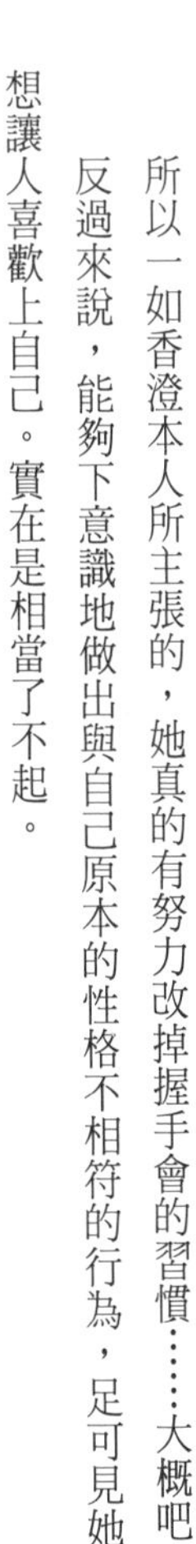

所以一如香澄本人所主張的，她真的有努力改掉握手會的習慣……大概吧。

反過來說，能夠下意識地做出與自己原本的性格不相符的行為，足可見她是如此竭盡心力地想讓人喜歡上自己。實在是相當了不起。

我不禁開始思考，這麼輕易地否定她至今為止的努力，真的對嗎？

「怎麼啦～？被美瑠迷住了嗎？」

「沒有，我在想今天的晚餐要吃什麼。」

「我今天想吃蛋包飯！」

「呃，為什麼妳打算跟我一起吃晚餐啦？說起來妳要是在外面用餐，身分立刻就會暴露了，店家應該也會爆滿吧。」

「對，所以是蓮同學要做晚餐唷。」

「我不要！」

別自然地假設我們會一起待到晚上啦。

「騙你的，開玩笑的啦。美瑠家裡什麼都沒有，如果蓮同學跑來，會讓人很傷腦筋呢。」

「我根本就沒有說要去呀！」

還有，就算對象是我，多少也要有點危機意識啦！

「唉——好累……」

才過了這麼短的期間，我的日常就已經被香澄美瑠徹底侵蝕了……………真棘手。

「那麼，現在要來決定文化祭要做什麼。想提案的人請舉手。」

「請踴躍提案～！」

眼下文化祭委員的工作終於正式展開了。

去年大家還很憧憬文化祭這個詞的魅力，每個人都卯足全力。然而升上二年級後，大家都理解到現實意外地很乏味。

因此我還以為會有很多同學沒有幹勁。但是多虧香澄站在講台上，完全沒有我設想的狀況發生。

像這種時候，真的會很感謝有香澄在。

「順帶一提，今年開始增設了學生跟來賓投票，得票數優勝的班級似乎會有獎品喔。我們也要拿出真本事了。」

這個通知的效果應該很大才對。

那麼，首先該來決定內容了——

「女僕咖啡廳！」

「個人寫真館！」

——全都是些覬覦香澄的笨蛋。

這種時候才來抱人家的大腿，真是現實的傢伙們……

儘管很難不火大，但總比不提出點子要好多了。

「預算有限，盡量提出可行的方案啦。」

我剛說完，他們就提出……

「可以只增加我們班的預算嗎？」

或是……

「我們自掏腰包的話，應該有機會開成吧？」

——之類的想法。總之就先無視這些笨蛋吧。

「若是要開餐飲店，大家就必須排很多班了。」

「咦～～通融一下嘛。」

「記得社團那邊也有發表會要準備吧。」

「可是文化祭的看頭不就是餐飲店嗎？」

「美瑠覺得很好玩，所以贊成～！」

香澄妳別在那邊笑，給我制止他們啦。

妳以為我是為了什麼才給出消極的意見啊？

如果決定開餐飲店，然後又讓香澄當班，當天要疏通混亂的人流的可是我耶！體諒我一下好不好？不然我會很頭痛啦！

「那要開章魚燒店嗎？」

「咦～～應該要開鬼屋吧。」

「啊，如果這些常見的店跟其他班重複了，就得進行企畫決鬥。輸掉的班級幾乎最後都變成作品展覽會了，要注意唷。」

「這要先說吧，柏木！」

「那麼保險一點，要擺廟會常見的攤販嗎？」

意見一個個提出，香澄默默地在我身後寫下大家的提案。

這個分工是出自於香澄消極的想法。她覺得如果由自己來負責統合意見，大家可能就不會踴躍提案了。不過我的字很醜，也不太會把意見統整成文字，所以這或許是最好的分工吧。

「乾脆來演話劇好了？」

「好玩耶。要演什麼？」

「羅密歐與茱麗葉吧。」

「太妙了吧。話說之前呀——」

儘管狀況很多，大家依舊接二連三地提出想法。

可是因為提案太多了，話題漸漸偏離主題。

就算現在想透過多數決表決，但剛剛的提案裡能夠實現的項目未免太少。

我正煩惱著是不是該繼續募集意見。此時有個人高高舉起手，剛好救了我。

「那個……全班一起拍一支電影如何？如此一來，需要當班留在教室的人數就會減少很多了。」

直挺挺的背與正氣凜然的聲音——是琴乃。

「哦，不賴耶。如果要拍電影，材料費就能根據劇情調整，也許可以不用花那麼多錢。相機的話，我最近得到一台不錯的，用我的就行了。」

與其說是得到，實際上是冬姊堅持一定要履行約定，不顧我的婉拒而強行送來的謝禮。

「好像不錯唷？這樣假日之類的日子大家也能聚在一塊，能夠提升感情呢。」

「慶功會的時候去唱卡拉ＯＫ如何？人家很憧憬這種活動耶！」

「我懂～！況且活動當天要值的班比較少，這點真的幫了大忙呢。畢竟很多人也要忙社團的活動。」

「可是劇本該怎麼辦？」

「啊，可以給我寫嗎？其實我一直想寫寫看。」

「真的嗎！班長真的什麼都會耶。謝謝！」

「欸欸，劇本的內容如果寫跟班上有關的事情或是推理故事，會不會很有趣呀？例如『全班都是騙子』之類的故事。這樣只要穿制服就行了，不用準備戲服唷！」

琴乃的意見成了話題的開端。截至方才為止只有班上核心的男生們在提案，但現在教室中各種點子接連四起。

我看向琴乃，她則朝我拋了個媚眼。可是就已經看慣香澄（專家）招數的我來看，只覺得琴乃的媚眼拋得有點笨拙。

或許是我困擾的模樣慘不忍睹，她才會出面替我解圍吧。

真不愧是當了五年班長的人。

「那我們班的節目內容就是放映原創電影了。贊成的人請舉手～！」

贊成票占大多數，數都不用數。

看來已經確定我們班要在文化祭播放原創電影了。

能這麼快有結論真是萬幸。我去年的班級意見完全沒有統合成功，文化祭委員在窮途末路之際提交了企畫書，不知道為什麼居然還通過審核，於是班上一邊爭執不休，一邊賣巧克力香蕉。

而這個方案確實可以壓低材料費成本，還能避免當天香澄出現在現場造成混亂。況且說到演技的話，對曾出演過電視劇的香澄來說應該是擅長的領域吧，或許可以透過這次活動更融入班級

也說不定。

我看向香澄，用視線傳達「太好了」的心情。結果她說——

「我就不出演了吧。」

香澄面露開朗而耀眼的偶像微笑說。

「我不是討厭上鏡頭唷。但是你們想想，我畢竟是個明星嘛，一旦出演就會引來一大群人，會讓你們很困擾吧？」

教室一瞬間陷入緊張的氣氛。不過她用開玩笑似的口吻解釋後，氛圍馬上就變得明朗起來。

「啊——說得也是。這也是沒辦法的事。」

「米露菲上場演戲的話，我們班保證就贏了嘛。唉～還以為可以得到大獎了呢～」

「哼哼哼，其實我的片酬可是很高的唷……！」

「說什麼『其實』，大家都知道啦。」

「怎麼會？」

哈囉！天然傻瓜。但她的這副模樣既可愛又容易親近，班上的同學們意外地很能接受這一面。照這樣來看，距離融入班上的日子應該不遠了吧。

我把裝傻到底的香澄給拉了回來，隨即總結會議。

「那麼，我負責拍攝，班長負責寫劇本，剩下的人負責製作小道具，以及協助影片編輯。總

之我們就以這個方針提出企畫書嘍。」

班上響起零零落落的掌聲。今天的班會就這樣和平地迎來了落幕。

接著只要我跟香澄一起完成企畫書，提交到教職員辦公室就行了。

放學以後，我與香澄留在教室，靜靜地完成企畫書。

「欸，我說啊……真的沒關係嗎？」

「……什麼事？」

「不出演電影呀。妳明明那麼憧憬文化祭。」

「幕後人員也是很重要的工作嘛。這樣不行啦！這是幕後歧視唷。蓮同學，你很壞耶～」

「呃，我不是那個意思……」

也許我跟她的關係還沒好到能踏入她的內心。即便如此，我還是想試著理解她的想法。

香澄看似可愛且心機，彷彿為了成為偶像而生，實際上卻生性害羞，不諳世事。然而當關係變得親近以後，就會發現她是個不太會拿捏人與人之間的距離，很害怕寂寞的女孩子。

由於我們兩人幾乎可以斷言被孤立，一直待在一起，我隱約感覺得到她在顧慮著某些事情。

「嗯，沒關係。反正美瑠到最後又會搞砸一切呀。」

千層酥的層層防護，崩解了。

讓我在這個瞬間注意到，她宛如銀河般閃耀的大眼睛有些動搖，看似噙著淚水。
如此受人愛戴，朋友卻比我還少。深怕自己如果不先表達「喜歡」就會被對方討厭。總是用名為「偶像」的盔甲武裝自己，設法生存下去。
彷彿不這樣做就活不下去一般。
「……這話是什麼意思？搞砸？搞砸什麼？」
「意思是我會搞砸這整部電影。我不會察言觀色，又不懂普通是什麼，回過神來時會發現自己把大家都拋下，獨自暴衝……」
「我早就知道了呀。」
香澄想表達的，簡單來說就是——她會不小心進入忘我的狀態，就像之前在迪士特尼樂園的遊行那樣。
不過是去參加遊行玩一下，就陷入忘我的境界了。
偶像時代的她，或許曾無數次毫無自覺地進入忘我狀態，導致周圍的人們與她保持距離。
「但我就是為了避免妳搞砸才在這裡的，不是嗎？」
與香澄相比，凡事都激不起我的熱情，簡直像是熱衷的機能壞掉了一樣。
起先我只是為了改變自己，但是現在，我認真地想為香澄盡一份心力。
比外表看起來還要笨拙，堅強卻脆弱的香澄——我想成為她的力量。

「你可能會徹底對我失望唷？可能會後悔邀請我唷？」

「那是我的責任呀。」

「可是，要是我加入，或許又會變成上次那樣！蓮同學都幫了我這麼多，跟我搭話的人也增加了……」

香澄的話停不下來。

「要是變成那樣，我離普通會變得更遠，又要變回一個人，落得失敗的下場。最後一定又會……」

這樣啊，我懂了。

「妳害怕被我討厭嗎？」

「怎麼……可能……」

「不然是害怕被我討厭而落單，以失敗作收嗎？」

「唔…………！」

看來猜對了。

「這種想法以香澄小姐來說還真是軟弱呢。您不是說過『人如果不受傷，什麼都得不到』嗎？」

「敬語好煩。對啦，說是這樣說，可是一開始就放棄的話，便不需要擔心能不能得到了……

蓮同學也懂吧？」

她的一雙大眼直勾勾地盯著我。

的確，我打從心底能理解這番話，畢竟我一直以來就是這樣活過來的。

然而香澄怎麼可以講出這種話？

「我才不懂咧。我已經下定決心要改變了，這可是妳造成的唷。」

聞言，香澄露出吃驚的表情，隨即低下頭，小聲地開口說：

「不要被美瑠這種人改變啦。」

「辦不到，我已經改變了啊。」

「……還真是不死心。」

「我預計要把這項當成自己的優點。」

我咧嘴笑著回答。香澄先是激動得語不成聲，接著抬起臉，用銳利的眼神看我。

「…………真是的！這樣不是沒辦法放棄演電影了嗎！都是蓮同學的錯啦！」

我贏了！

差點忍不住喜悅的我繃緊表情肌，接著開口道：

「那我保證，既然都逼妳參加了，就絕對不會讓妳孤單一人。」

「我又沒說我一個人會寂寞。」

「是沒說過。」

「況且我也失敗過很多次了。」

「這倒是。」

香澄停頓了幾秒。

「……這裡要安慰我啦。」

她小聲地責備我，接著對我伸出手。

「隨便畫個圖案吧。」

「為什麼？」

「畫就對了！」

我依照香澄說的，用紅筆畫上愛心圖案，她這才滿足地點頭。

「好吧，那我就看在這個證明的份上，相信你一次好了。」

「……什麼證明？」

「嗯？最最喜歡美瑠記號呀。只要有了這個，美瑠就可以隨便給蓮同學添麻煩，也可以隨便耍任性了。」

「什麼啦？」

「畢竟你沒辦法討厭美瑠吧？」

香澄心機地笑著說，看起來已經完全找回平常的自己了——看慣她的笑容的我，卻總覺得現在的笑容有點不自然。

「……真拿妳沒辦法，就當作這樣吧。」

說起來，像這樣察覺香澄心中的疙瘩後，根本不可能討厭她。

香澄滿臉笑容，看似很開心地望著手心。

「好，要是消失了就再幫我畫一次吧，櫻花記號。」

「我畫的是愛心啦。」

「咦？我還以為是櫻花的花瓣耶。以為你這麼喜歡美瑠，選了美瑠頭髮的顏色呢。」

「唉～好啦，就當作是那樣吧。」

「又來了～你的這種地方，美瑠也最喜歡了啦～」

「太心機了。」

「我知道。」

知道的話就克制一下啦，好不好？這可不是開玩笑的，我總有一天會被妳給煞到歸天喔。

「……總之先跟班長討論一下吧，請她恰到好處地將香澄安插在劇情裡。」

「不要說得好像靠關係演出一樣啦！久遠聽到絕對會傻眼的！」

「不，我覺得她會超級高興。」

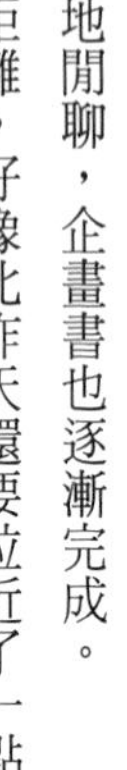

我們起勁地閒聊，企畫書也逐漸完成。

彼此間的距離，好像比昨天還要拉近了一點。

在班會上敲定文化祭的內容後，又過了一個星期。

櫻花全數凋零，街道上的櫻花樹換上新綠的色彩。與此同時，香澄也開始融入班級。

其他班的同學總算不會來偷看香澄了。在教室中，雖然大家多半還是遠遠圍觀她，不過一旦有事情時就會跟她交流。如此這般，現在狀況逐漸穩定了下來。

琴乃依然處在距離暴露只差一步的極限之下，但是看起來總算開始習慣香澄了。儘管這算是好事，我卻不禁希望她不要習慣——因為總是一本正經的琴乃，一旦在香澄面前舉動就會可疑得不能再可疑，那副模樣實在有夠有趣。

香澄——原本會造成問題——的握手會習慣，雖然尚未矯正成功，但應該已經比剛轉學過來時要好得多……或者這樣講比較正確——班上的同學們開始培養出抵抗力了。

拜此之賜，我在這星期的班會時間上拜託大家：「我果然還是想讓香澄演出一幕看看。」當下他們的反應大多都很暖心。

大家果然都想要見識這位絕世美少女的演技呢。

五、清純系、約會、破壞力

聽到同學們對自己說：「其實我們還是希望妳能演戲。」時，香澄一副快哭出來的樣子，用力地捏著手掌心。而我注意到她的舉動，眼睛也不禁濕潤起來。不過這些都是祕密。

如此這般，我們班的企畫書順利通過，早早開始著手準備文化祭。

「喂？」

『喂，柏木同學，現在有時間嗎？』

班上進行過討論後，劇本內容的大致方向總算敲定。當天晚上，琴乃打了電話過來。她打電話來的時間總是在三更半夜。

「有空是有空。發生什麼事了嗎？」

『那個……我現在正好在寫劇本，不過遇到了瓶頸。可以的話想跟你商量一下，方便嗎？』

「已經在幫大家寫劇本了嗎？哇，真厲害！謝謝妳。」

『沒有啦，畢竟是我自己說想寫的嘛。』

琴乃真是太可靠了。她從以前就常因為閱讀心得或以人權為題的作文受到老師表揚，沒想到還會寫劇本……所謂的高材生莫過於此。

「哎呀，畢竟我可是委員呀，有事情要討論的話隨時都可以打電話來，反正我很閒嘛。」

『就算你這樣說，但最近柏木同學不是開始忙起來了嗎？本來深夜打去也沒關係算是柏木同

學的優點，反正大概在玩遊戲，不需要顧慮那麼多。』

「妳很失禮耶……我現在還是很閒啦。」

『就愛說謊。我知道你上星期從圖書館借了很多學習拍電影的參考書，也知道你看書看到睡眠不足喔。』

「為什麼妳會知道？」

『你在教室裡也在讀呀，一般都會注意到吧。上課時也一直打瞌睡……柏木同學要是倒下，可不只有我會困擾唷。』

「……嗯，謝謝妳啦。」

由於半夜做事比較有進展，我習慣熬夜以善用時間。即便知道隔天會很痛苦，我依舊樂此不疲。

正因為了解自己仍有很多不足之處，我認為若是為了追求自身的理想，就算多少要勉強自己也無所謂。

儘管這是我國中時就改掉的習慣……但隨著最近一頭熱地想為香澄拍一部好電影，這個習慣便死灰復燃了。

國中時，我曾一度玩過攝影。當時我跟冬姊一起到處拍照，也因此對拍攝電影產生興趣。可是我只會一味地拍攝周遭的景色，沒辦法拍出想像中的畫面，所以很快就失去興致。

先前之所以會跟冬姊抱怨相機的價格，也是因為打算有朝一日要再度挑戰。不過我怎樣也沒想到，再次挑戰的機會這麼快就到了。

不想因為準備不周拖大家後腿的我，正在重新學習攝影知識，卻總覺得不太順利。

不過琴乃剛剛說了「不只有我會困擾」，想必代表她理所當然地擔心著我的狀況。

明明她也跟我一樣戒不了熬夜的習慣，結果卻只擔心我，反倒讓我想要唸她一頓：「妳才沒資格說我。」不過就是因為她這種笨拙的關心，我這頭「充滿挑戰精神的怪物」現在才能在這裡而不至於崩潰。

…………說起來，我並沒有承認那個不中聽的名號就是了。

『言歸正題。那個……故事的大綱不是已經決定了嗎？』

「嗯。主角是個普通高中生，有封信寄到他手中，於是開始了一場校園推理劇，對吧？」

劇名是「同班同學」。

既然要拍電影，我們便想善用整個班級來創作故事，因此大家決定故事內容為——全班同心協力，一步步解決班上發生的謎團。

順帶一提，香澄會在最後登場，飾演掌握故事關鍵的神祕美少女。

『沒錯，關於謎團推理的部分，會由推理研究會的同學整理好給我，應該沒什麼問題。可是說到電影，我只看過西洋片，所以不太了解什麼是喜劇要素。』

「啊——原來如此。琴乃是大小姐嘛。日本的動畫之類的作品裡常會加入一些日常風格的喜劇，這類電影感覺就不是妳會看的呢。」

『……總覺得被你這樣一講，還滿讓人生氣的。』

「好啦好啦，這裡就由平民代表的我來推薦幾部……還是我們乾脆一起去看好了？」

『…………什麼？』

「看電影呀。剛好明天有一部我想看的電影要上映。我看過原作漫畫，保證內容絕對有趣！」

對嘛。比起口頭上一一解釋，不如實際觀摩來得切實。

而且即便我喜歡一個人看電影，偶爾也會想跟別人分享觀影心得。

順帶一提，香澄必須時時刻刻注意不要暴露身分，所以如果不是超級冷門的電影，她都不能上電影院看。

『呃～那個……你的意思是說，要我和柏木同學你一起去看電影……嗎？』

「對啊。不喜歡或是沒空的話，妳可以大方拒絕我唷。我是可以獨自看電影的類型。」

『絕、絕對要去！我要去！絕對絕對要跟你一起去！你要是敢一個人去看我會生氣唷！哪可以讓你一個人偷偷加深電影知識？不准你偷跑！』

連這種領域妳也那麼好學喔？不愧是當班長當了五年的人，認真程度就是不一樣。

「知道了啦。明天放學以後我還要打掃，所以我們約五點左右在校口門前集合，可以嗎？」

『沒問題……那……我們明天見。』

「嗯，明天見。我會期待的。」

電話掛斷了。

這因此讓我再次認知到現在是深夜，總覺得有點空虛。

「……話說，雖然我剛剛邀得那麼直接，但這該不會是所謂的放學約會吧？」

放學約會——還真是個閃亮的詞彙啊。

我的臉頰現在才開始緩緩地熱起來。之所以如此隨興地提出那種邀約，應該是因為最近都跟香澄在一起，讓我的感覺錯亂了吧。

此刻回想起來，為什麼剛剛會趁勢邀請琴乃？我自己也不曉得。

「不對。不對不對，這是為了班級。不是約會而是讀書會吧……」

我會產生這種誤會，都是之前香澄隨口斷定那是約會的錯。

少沾沾自喜啊我！

「又見面了，琴乃。」

「你動作真快耶，柏木同學。」

「沒有啦，是那個……呃，嗯，剛好提早掃完了。」

我撒了個小謊。其實是因為我為接下來的行程心神不寧的模樣讓人看不下去，班上同學於是要我早點離開。

況且這個行程還是跟──學年公認的高嶺之花──班長一起去看電影，要是被知道了也許會被殺掉，死也不能讓別人知道這件事。

「那我們走吧。先走到最近的車站，再搭兩站就到了。」

「我們學校的地點意外地很好呢。」

「對呀。」

我們一邊閒聊，一邊走在司空見慣的路上。

儘管我跟琴乃的交集大概是從四年前到現在，然而像這樣一起出門還是第一次。

就算因為班上的慶功宴而一起在外面吃過飯，但當時並非單獨相處。聊天也都是透過電話，所以實際走在琴乃旁邊感覺十分久違，心境有點奇妙。

四年前我們的身高沒有差很多，現在卻多少有了些差距，讓我能夠從上方俯視琴乃搖曳的馬尾。

「……是說天氣也太熱了吧。」

「對啊。要在路上買個冰，一人一半嗎？」

「這點子不錯耶。啊，琴乃大小姐可以偷買零食吃嗎？」

「天氣已經很熱了，請不要說這麼煩人的話。」

「哈哈哈，琴乃這麼冷酷，都讓我涼爽起來了。真幸運。」

「～～別調侃我，快走啦！」

琴乃扭過頭，快步踏出步伐。

雖然她的外表跟四年前不同了，但我們之間的距離依舊沒有改變。

「不過還真懷念耶。讓我想起國中的時候，我們也有幾次像這樣一起繞了遠路吧。」

「啊——是被老師叫去做雜事，結果琴乃覺得不公平而發飆的那次嘛。當時吃的肉包是我印象中最好吃的了。」

「才沒有發飆呢……我在那之後，每到冬天都會很想要吃肉包呢。」

「為什麼要說得像是罪過啦？這是好事吧。」

「話說回來，我變得會買垃圾食物吃，也是因為柏木同學陪我做雜務時帶了零食……咦？我的飲食喜好開始偏斜的原因，該不會是……」

「冤枉啊。妳不能這樣說，這絕對不是我的錯。」

「呵呵，開玩笑的啦。」

我們沉浸在令人懷念的對話中。很快地，便利商店就在眼前了。

買了可以分食的冰品後，我們趁著冰還沒融化前抵達車站，隨即搭上電車，前往電影院。

或許是不想讓人看見自己偷買零食吃吧，琴乃把冰塞了滿嘴，迅速吃掉它，模樣簡直就像松鼠一樣可愛，讓我忍不住想把她的樣子錄起來，結果被琴乃臭罵：「你很不體貼耶！」就在我們鬥嘴之際，電車到達了電影院所在的站別。拜這段對話之賜，莫名的緊張感也消失了。

我們向櫃檯員工秀出學生證，買了兩張學生票，還買了爆米花與聯名飲料。雙手捧滿零食的我們，儼然就是興奮過頭的二人組。

我平常只會買飲料，或是乾脆不買東西，看完電影就直接回家。可是——

「那個……柏木同學，爆米花要在哪裡才買得到呢？還有，焦糖跟鹹味我都想吃吃看。柏木同學想吃哪種呢？」

——琴乃用閃閃發光的眼神這麼問道，讓我不敢告訴她我平常不吃東西。

「那我買鹹味的，妳就買焦糖口味吧。還有其他想吃的東西嗎？」

「……其實……那個……我想喝聯名款的巧克力飲料。但是點的人好像沒有很多耶？」

「沒那回事吧？不然我也買一樣的，彼此痛快地玩一場吧。當作紀念我們的友情。」

「你在說什麼呀………也是啦，到現在關係還很好的國中朋友也只有你了。」

「對吧。」

「『對吧』什麼啦？明明你也一樣，國中時期的朋友除了我就沒有別人了不是嗎？」

「不要戳我的痛處好不好。」

通過戲院的通道時，裝備齊全的我們沒有手能掏出票券，一時落入了窘境。

這位優等生班長久違地陷入混亂，慌忙問我：「這樣要怎麼辦，柏木同學！」能看到她這副模樣，剛剛那些意外的開銷都物超所值了。

我們入座後，琴乃看似對爆米花相當感動。我默默地看著她笑，結果又惹她生氣。電影開始後，她目不轉睛地盯著銀幕，最後一邊嚎啕大哭，一邊走出戲院。

「我覺得最後太犯規了。明明前面都是溫暖的校園推理作品，結果那個女生居然是十年前就死掉的幽靈……」

「就是啊！我明明就看過原作了，卻還是一度搞不清楚狀況，結果根本沒空分心來吃爆米花，整桶都沒有減少耶。」

「嘶……爆米花……好好吃……」

「妳好歹也再沉浸在餘韻裡一下嘛。」

琴乃在電影院的休息區一邊哭，一邊把爆米花塞滿嘴。

雖然我知道妳喜歡垃圾食物，可是……這個樣子有點……嗯……

「要如何寫出讓人目不轉睛的電影劇本，總覺得我好像抓到訣竅了。」

「是喔？那太好了。」

「兩週後就能完成給你看了。謝謝你帶我來，柏木同學。」

「我只是單純想看電影而已，沒有做什麼啦。」

我也有試著觀察拍攝的運鏡，然而呈現的技巧太專業了，反倒掌握不到什麼心得，我不禁覺得有點對不起琴乃。不過她興奮地對我說：「回家以後，得把電影裡吸引我的重點逐條列出來才行。」今天應該算是不虛此行了吧。

「那吃完爆米花以後，我們就快點回家吧。琴乃家的門禁時間快到了吧？」

「對呀。不過我騙家人說『今天要留在學校忙文化祭相關的工作』，所以稍微晚一點回去也沒關係。」

「哦，班長是壞小孩耶～～」

「都是柏木同學的錯吧。況且我也沒有老實到會跟父母報告要去約會啊。」

約會。約會……約會？

「！剛、剛剛是開玩笑的！」

琴乃彷彿想說「不小心說溜嘴了」似的，變得滿臉通紅。

「不，不是這樣啦！那個……男生跟女生一起出門就叫做約會，是我朋友告訴我的！」

「對、對啊。最近就連兩個女生一起出門玩也算是約會了吧。嗯！」

「沒錯，就是這麼一回事。所以請不要誤會喔！」

琴乃的爆米花剩下五顆。

而我的心臟則開始以平常的兩倍速跳動。距離車站還有約四百公尺的路程，我究竟該擺出什麼表情走在她的身邊才好啊？

Side：久遠琴乃

「我回來了。」

我走進昏暗的玄關，打開電燈，小聲地說道，卻只感到一陣空虛。家裡一如往常，沒有人回應。

會跟我說「歡迎回來」的，只有我藏在衣櫥裡面的，小冬的照片而已。

我喜歡偶像，因為她們都在非常非常遙遠的地方。

我憧憬她們，因為無論如何朝思暮想，我都能單方面地喜歡對方。

不用抱持超出自身能力範圍的願望，煩惱對方是否與自己有著相同的心思。

要是……柏木同學是偶像就好了。

我仍沉浸在約會的餘韻中，制服也沒脫掉就臥倒在床上。

柏木同學一定沒有視今天的事為約會。我把今天看的電影票根收在資料夾裡，珍重地保存。

而他大概已經丟掉了吧。

他總是熱衷於自己的事情，想必不會喜歡上任何人。

我的心情，應該一輩子都得不到回報吧。

「…………我明明很清楚，卻還是……」

剛認識他的時候，我只覺得他是個奇怪的人。

他總是東奔西跑地尋找著「什麼」，是一個人也能很熱鬧的男生。

——我很羨慕他。

因為我心裡只有一個想法——想要逃出這裡。我沒有餘力去思考自己今後想做什麼事。

優等生、班長，我只有這些代名詞，比任何人都還要沒特色。

但是柏木同學一直陪伴我，只有柏木同學一直陪伴這樣的我。

即便進入高中，被朋友們包圍，他依然一副百無聊賴的樣子。

跟我一樣，一無所有。

我高興不已。我們會像這樣一直在一起。當他前進時，我也會理所當然地在他的身旁。我對

此深信不疑，沾沾自喜，同時不斷地祈禱著。

『喂，柏木同學，現在有時間嗎？』

佯裝閒暇地打電話，在半夜聊上一個多小時的天。這樣的柏木同學對我十分重要，我卻同時討厭著這樣的自己。

我總是在意「在ＬＩＭＥ上只能傳相同次數、差不多字數的訊息」，或是暗自埋怨「為什麼每次都是我先聯絡他」。

畢竟柏木同學絕對不曾有過這種想法，所以我才討厭自己。

『我只是單純想看電影而已，沒有做什麼啦。』

「…………喜歡你。」

明知不可能觸及他，我卻將手伸向天花板。

欸，我跟你說，我就是喜歡你這一點。

絲毫沒有注意到我喜歡柏木同學的這一點。

擅自認為我沒有誤會你的溫柔的這一點。

你不知道吧？我在打電話給你之前有多麼緊張。也不知道我光是偷偷看著你的側臉，回過神來就下課了。

但是，這樣就好。你一輩子都不必注意到我的心意。

所以我希望，你能跟我做個約定——

我一無所有卻滿是規則的人生之中，只要有柏木同學在就好了。

我閉上眼，回想起柏木同學——目光熠熠生輝地談論著電影——的模樣，然後蜷曲身體，躲進被窩。

請維持這樣吧，不要改變。

——請不要拋下我離開。

「那從今天開始，我們就真的要開始來拍電影嘍～！」

放學時分。五月過了一半，花粉幾乎飛散，接下來的日子都會是晴天。

班長順利完成了劇本。我們根據同學們的意願，將班上分成演員組、影像組與道具組共三個小組，開始拍攝原創電影。

順帶一提，演員組由香澄負責，攝影組是我，道具組則是琴乃。或許是因為我們決定了負責人後才分配工作，這個機制發揮了效果，到目前為止進度都很順利……大概吧。

「柏木，這一幕你預計要怎麼拍？」

「這個用小三腳架固定手機來拍就好。可以先拍這一幕。」

「了解，我盡量試試看啦。」

老實說，看到去年的巧克力香蕉慘案，我一直很怕大家不會幫忙，沒想到開始拍攝以後眾人都很配合，嚇了我一跳。

我甚至做好萬一都沒人幫忙攝影組，乾脆就由我獨自拍到底的覺悟。想不到放學以後的準備

六、傷痕累累的千層酥

工作參與率相當高。甚至還有人提案：「我有上MeTube看過，用手機也能拍出不錯的感覺耶，我們分擔來拍吧。」距離新學期開始已經過了一個月，我終於對自己來到一個很棒的班級有著切身感受。

「柏木～這裡要怎麼弄？」

「ＯＫ，我現在過去。」

我在剛開學的一個月幾乎緊緊跟在香澄身邊。現在漸漸有人願意跟我搭話，我也開始交到男性朋友，真的好高興。

話說回來，香澄正努力擔任——自己不熟悉的——演技指導教練。起初我還很擔心會不會出問題，但她誇下豪語：「我也不能一直讓蓮同學照顧呀！況且終於到了發揮美瑠實力的時候了！對不對！」於是我就放手讓她去做，目前意外地還算順利。

「柏木！有人因為香澄的演技倒下了，我送他去保健室喔。」

……雖然會偶爾萌殺同學。

「對不起對不起對不起。」

「米露菲沒必要道歉啦，這也沒辦法嘛。」

「對呀對呀，我們都知道香澄沒有惡意了。」

「那就繼續拍嘍～反正那傢伙大概過個十幾分鐘就會回來了吧。」

班上跟四月時不一樣的地方，就是周遭的同學們開始理解香澄這點。

每天認真上學，乖乖交作業，儘管被我罵也持續跟同學搭話。香澄至今的努力都沒有白費。

「……謝謝你們。」

被同學們安慰，香澄一臉感動地小聲道謝，隨即繼續指導演技。

「……！」

此時，她好像注意到我的視線，開心地把掌心朝向我揮揮手。

啊，不行，淚腺要撐不住了。我好像快哭了。

是怎樣啊？我真的跟監護人一樣了啦。

「好，我也不能輸……！」

我們也才剛開始找尋我想做的事而已。

開始新的事物固然很重要，但是現在必須專注面對眼前的電影製作才行。

注意力要集中在眼前的相機上。

這個瞬間，我突然感覺到周圍的聲音都消失了。

有嘗試看看香澄的作法真是太好了。儘管只有一小步，不過我似乎距離「真正的目標」更近了一點。

我調整鏡頭，同時因為絢爛的日光而瞇起雙眼。

在那之後過了一段時間，全校學生開始全心投入準備文化祭，大家似乎都有點興奮難耐。

「嘿，這不是蓮嗎？最近如何？」

我在鞋櫃前被人搭話——那是很讓人懷念的聲音。我轉身回應道：

「不錯啊。是說分班不同以後，我們就真的見不到面了耶。」

「對啊。不過在ＬＩＭＥ上也滿常聊天的，不至於覺得好久不見就是了。」

是田所。儘管我跟舞菜的關係變得有些尷尬，但和田所倒是常常聯絡，所以感情還算良好。

「就是說啊。話說你在我不知道的時候跟米露菲處得很好嘛。欸～我們是朋友吧？你當然會把她介紹給我認識吧？」

「你覺得有可能嗎？」

「有，超有……那個……剛剛是開玩笑的。您下次能幫我要個簽名嗎？」

「……她剛來的時候，你不是還希望她當個遙遠的偶像就好了？」

「那是我一時神智不清啦！實際看到人根本是天使。果然她跟其他人就是不同。說實話，我只是分班以後在嫉妒你而已啦！」

「好啦好啦，等我心血來潮吧。」

「唔哇，感覺要等一輩子了。」

這不是廢話嗎？

我笑著切換了話題。

「你們班的文化祭預計要搞什麼活動？我今年當上文化祭委員了呢。」

「唔哇！經歷過去年的巧克力香蕉，你居然還會想當文化祭委員喔？我們班要開丟枕頭的店唷。在教室鋪上體育課用的大墊子，然後只要準備枕頭就行了。弄起來很輕鬆。」

「啊——沒想到有這招。」

如此一來不用浪費假日，只要在活動前一天把墊子搬進去就準備完成了。

「蓮你們班呢？」

「我們班要拍原創電影，然後在活動當天上映。現在正竭盡心力地拍攝中。」

「你真的什麼都會耶。記得你一年級學期末還自己作曲了不是嗎？我到現在都還會唱那首杯麵之歌喔。」

「啥！給我忘掉啦！」

「辦不到～♡」

……揍一頓好了。

我當時有個憧憬的樂團，一時衝動就幫自己買了把吉他。然而作曲是我的挑戰史之中最不適合我的一項，現在我一點也不想回憶這件事。

真希望這傢伙不要在站著閒聊的片刻，隨隨便便就把人家的黑歷史挖出來。

「很痛耶。對了，等一下。蓮，你們班是三班對吧？」

「是又怎樣？」

「果然是這樣。你們班被其他人說比賽作弊唷，沒問題嗎？」

「…………啥？」

我請他仔細說明，於是田所告訴我，其他班級之前有很多不滿的意見，例如——「三班有香澄，根本是作弊」或是「有她在就穩贏了，不想要她參加」之類的。

「我們班都是不想準備，只想隨便玩的人，所以是沒差啦。可是有些班級開了鬼屋之類的店鋪，他們那麼認真準備，就會覺得輸掉很不甘心不是嗎？特別是學長姊們，今年是最後一次了。」

「那樣說也有道理……但香澄也是這所學校的學生，不讓她參加不是很奇怪嗎？」

「不，真要說起來，他們的矛頭是指向三班。因為他們覺得，你們跟米露菲同班未免太不公平了。說到底就是粉絲的遷怒啦。不管怎樣，會被針對的會是文化祭委員，你自己要小心一點唷。」

「……喔，感謝提醒。」

這只是傳言而已。

雖然我是這樣想的，但是得知有這種謠言在流傳，還是會有點不安。

而且我也知道，香澄她一直很懼怕自己會把活動搞砸。

「希望就這樣，不要發生問題才好……」

但是事與願違，越來越多不滿的聲音四起，他們都在抱怨只有三班有——超級名人——香澄美瑠在，很不公平。到後來，班上的同學終究還是找我討論這件事了。

我跟班導師商量以後，老師的結論是——就算香澄當過偶像，參與文化祭也不會有問題，三班沒有錯，所以不需要在意任何流言蜚語。

只不過，原本還有很多人願意參與文化祭的準備工作，現在卻人數銳減。也許這不只是那些謠言造成的影響，但是也很難相信與之無關。

「所以呀，這裡要從內心的大概這個位置『啾～』地唸出台詞唷！然後要刻意『嘰嚇』地做動作會比較好吧？」

「等一下等一下，米露菲，那個狀聲詞是什麼？我整個聽不懂耶。」

「咦？就是『啾哇』地翻滾的樣子……」

「什麼啦！」

雖然不知道大家能不能理解她的意思，但是她今天也保持笑容，拚命地指導大家的演技。看著這樣的香澄，胸口就會感到陣陣刺痛。

學校裡流傳的謠言，香澄知道嗎？

我當然沒有告訴她。而班上除了我之外，跟她最友好的琴乃，也說已經盡量制止那些聲音了，希望沒有傳到香澄耳裡就好。

「今天只有要拍外面的風景而已，可以解散了。」

我跟同學們告知以後，架起三腳架。此時，香澄從後方探出頭，偷看我這邊。

「沒關係，反正現在也很閒。而且把蓮同學丟在這裡，感覺也有點那個……」

「……妳可以先回去呀。」

「那麼我也留下吧，反正很閒。」

我回過頭，看見琴乃儀態端正地站在香澄後方。

「琴乃絕對不可能很閒吧？」

「咦？蓮同學為什麼會直接叫人家的名字？平常不是都稱呼人家班長嗎？」

「呃——我們國中時同班，所以叫習慣了而已啦。」

其實主要是因為，她本人不太喜歡被稱呼為班長。

「那美瑠也要叫妳琴乃。話說，你們兩個關係其實很好喔？」

「沒有……那個……也沒有那麼……」

「我個人是覺得滿好的啦……」

「咦？呃，那應該……算是處得不錯吧。」

「哈哈哈，琴乃好可愛。對了，妳也叫我美瑠就可以了唷。」

「我、我這種人！一點也不可愛！而且直呼妳的名字太不知分寸了………！」

我跟香澄笑咪咪地看著她。慌張失措的琴乃可沒有那麼容易看到，我們看得很開心。

「話說，妳們真的要留下來陪我喔？」

「當然呀～！」

「騙你做什麼？」

她們好重義氣。

「……不用陪也沒關係啦。」

「反正我膩了就會回去了。」

香澄說完，跑到鞋櫃前的台階坐下，表情一本正經地用手比出場記板的形狀。

「準備～開麥拉！」

直到夕陽西下時——

「好……回家吧！」

總算拍到滿意的畫面了，我們著手準備返家。

「辛苦你啦。」

「香澄，謝謝妳陪我……嗯？琴乃人呢？」

我往周圍左看右看，就是沒看到琴乃的身影。

「琴乃她呀，剛剛去自動販賣機買飲料了，還沒有回來。」

「什麼時候去的……」

如果她有跟我說我卻沒聽見，那就太不好意思了。

「因為蓮同學太專心了，她怕會打擾到你，所以只有跟我說唷。啊～……好喜歡她。琴乃不只溫柔又可愛，而且還很貼心，超級讚的…………」

「把那些跟本人講，她會死掉喔。」

「什麼？」

「啊，沒事沒事。那我也去買飲料好了。香澄要去嗎？」

「我就算了～我在這裡等你們唷。」

「了解～」

於是我小跑步前往中庭，自動販賣機就在那邊。當我一到達中庭，便看見琴乃正在跟幾名學生講話。

「所以說……我們沒有……………」

儘管我聽不太清楚，但好像在爭執的樣子。

「怎麼？找我們班長有事嗎？」

我連忙上前搭話。而跟琴乃說話的幾個學生異口同聲說了句：「沒事。」便一哄而散。

「……搞什麼東西？」

「就是那些人啊，常有的事。」

「常有的事？」

「謠言呀。他們來叫我們：『不要利用香澄美瑠。』好像謠傳說我們班在剝削香澄，說我們太賤了。總之聽起來就是遷怒啦。」

琴乃嚴肅地說，然後從口袋裡抽出手帕。

「……就是有那種粉絲降低了整體印象，大家才會認為偶像圈的粉絲都是那種人。實在有夠惡劣，低級，已經不是ＲＯＭ（註：Read Only Member，原意是「僅觀看而不發表言論的網友」，後來被當作動詞，意指要求不了解事態的人多花點時間觀察情況再留言）個半年就好的程度了……啊，對喔，柏木同學是假裝自己不起眼的陽光宅男，應該聽不懂就是了。」

琴乃平淡地說著，一邊拿手帕擦拭裙子。仔細一看，深藍色裙子的一部分，顏色變得比較黯淡。

我不禁將琴乃的怨言全給拋諸腦後，僵在原地。

「……妳被那些傢伙潑水了嗎！」

「不是普通的水唷，這是保礦力。真是糟透了，這會黏呼呼的耶。」

「什麼時候開始的？」

「誰知道？或許是從米露菲說要參加文化祭這件事情傳開以後開始的吧？啊，班上的其他人應該沒有受到這種對待才對。好像是因為我是班長，離她太近了，所以被當成眼中釘了吧。」

「…………」

「還有，我應該比柏木同學還要好找碴吧？柏木同學人脈出奇地廣，況且體格也很好呀。」

琴乃說著，一邊把裙子上的水份吸乾。

「快點回去吧。不然她會擔心的。」

她露出了微笑，擺出「沒什麼大不了」的表情。

「……我們得快點……跟老師報告。」

「不行。要是打小報告，說不定米露菲就不能參加文化祭了，不是嗎？」

「但這也不是可以犧牲琴乃的理由啊。」

「不是只有我就是了。但至少我不認為這是犧牲唷。」

琴乃把食指抵在自己的嘴巴前，壓低音量繼續說道：

「我覺得這樣沒什麼大不了的。絕對不可以把這件事跟米露菲說……柏木同學，你自己也要小心一點唷。」

這是極為不快的感覺，彷彿血液從腳尖開始結凍一般。

原本我樂觀地認為什麼事都不會發生……

結果，輕忽這件事情的人……是我。

「你們兩個，好慢喔！」

「……嗯，人有點多。」

「騙你的。我沒有等很久唷~好啦，回去吧。」

香澄用雙手提著學校的手提書包，等著我們回來。

「哎呀？蓮同學跟班長什麼都沒有買耶，那你們去自動販賣機做什麼啊？」

看著兩手空空的我們，香澄嗤嗤地笑了。

「呃！這個是，那個……」

「我們剛剛在比賽誰能一口氣喝先完，然後就把垃圾丟掉了。對吧，柏木同學？」

「對對，是我贏了。」

「別亂講，明明是我贏了。」

琴乃，好一個掩護！

我盡可能地配合琴乃的說詞，香澄好像接受了。她一副鬧彆扭的樣子，嘟囔道：「也叫我一下嘛。」

「那兩位，我們明天見嘍。」

香澄如是說，卻仍站在原地不動。

「嗯？香澄，妳打算繼續留在學校嗎？」

「我把東西忘在教室了。」

「那我們可以等妳呀。」

「沒關係啦！反正我還要繞去圖書館一趟，會有點花時間，你們可以先回去唷。」

我跟琴乃互相對視了一眼。

「那就明天見了。」

「……要在天色暗了以前回家唷。」

「嗯！拜拜～！」

香澄用開朗的聲音送我們離開。而我們一起走到了校門以後，回家方向與我相反的琴乃隨即與我道別。

「妳要小心唷。」

「我知道，柏木同學也是。」

「嗯，再見啦。」

我向琴乃揮揮手。確認她在街角轉了彎以後，我馬上轉身返回學校。

「…………」

踏上玄關，經過教室，穿越走廊，走過自動販賣機前。

爬上通往二樓的樓梯，一直往屋頂的方向走上去。

「呼～！呼～！」

「……你為什麼回來了？」

「心血來潮而已。」

我所知的香澄，沒有遲鈍到會被我們笨拙的演技騙到。

「妳才是在幹嘛？」

香澄蹲坐在階梯上，緊緊抓著自己的小腿肚，指甲都快陷進肉裡了。

「……沒在幹嘛。」

「騙人。妳這樣子不普通唷。」

躲在這種地方，還自殘不會被人看到的部位，這可不尋常。

「我普通不起來。」

香澄壓抑著聲音說著，更加使勁地在潔白的肌膚上留下爪痕。

她的腳上布滿紅色的抓痕，看起來十分疼痛。然而她卻連眉頭都不皺一下。

我看不下去，強硬地拉起她的手腕，於是她小聲地嘆了口氣說：

「好啦，下次不會讓你發現了。」

「這裡應該說：『下次不會這樣做了。』才對吧。」

果然，香澄的某些部分有點扭曲。

那是價值觀或是自尊心之類的，內心很重要的部分。

「…………我偷看到了。怎麼辦？」

她緩緩地繼續傾訴：

「我都不知道。琴乃她……一直都很溫柔地叫我的名字……」

「嗯。」

「她一直都很溫柔，所以我也很喜歡她，還想說我們可以變成好朋友。結果她卻因為我……

我都……不知道……」

「嗯。」

香澄的呼吸急促起來。

「這種事……不該……吸……不該……」

「香澄，冷靜一點。」

「沒辦法……怎麼可、能……冷靜……」

「沒問題的。之後我會開始防範這種事態。」

香澄開始有點過度換氣的樣子，我趕緊輕撫她的背。

「……都……………是我的、錯……」

「沒事的，沒事，一切都會沒事的，所以妳先冷靜下來。」

「…………」

「冷靜下來，慢慢地深呼吸。」

她頓時虛脫。我好不容易才支撐住無力地倒下的香澄。

此時，她緩緩打開手掌。

「……哈…………哈。」

確認了手心淡淡殘留的櫻花記號後，香澄的呼吸開始漸漸恢復。

「……冷靜下來了嗎？」

「…………稍微。」

「妳需要喝點東西吧。能在這裡等一下嗎？」

她不想去保健室，所以我打算趕緊去買水回來。而她突然緊緊抓住我的袖子。

「……別走。」

「但是……」

「蓮同學……留在這裡陪我。」

「…………」

「我沒事的。」

聽她這樣講，我也不敢離開了。

在那之後，不知道過了幾秒還是幾分鐘，我們始終保持沉默……

「該怎麼辦才好？」

香澄小聲地說，並且掩住顏面。

「對不起，對不起……」

她大大的眼睛盈滿了淚水。

但是她還是倔強地忍住，一邊抽泣，一邊圓睜著眼睛，就是不讓眼淚流下。

即使我告訴她可以哭出來，她也會說「我沒有哭的資格」吧。

她會不甘心地說「結果才是一切」或是「都是我的錯」。

「這不是香澄的錯。」

「…………不對。全部都是我的錯。」

「……有錯的不是香澄。」

我輕撫香澄的背，不停安撫她。

「……我不會退出。」

香澄開口說道。此時她的呼吸已經差不多平穩下來了。

「我不會退出文化祭。如果因此退出，就會糟蹋琴乃的溫柔，而且也形同屈服於那些人的說法，變成像是『我被同學強迫幫忙』一樣。」

然後香澄張開手心又闔上，重複了幾次以後，她握緊拳頭。

「今天的事情，不要跟任何人說。」

「…………我可以理解妳的心情，但妳行嗎？」

放棄的話，的確會糟蹋掉琴乃的覺悟。

可是我目擊到了琴乃遇到的事情，也看到了香澄心慌意亂的模樣。就我來說，還是跟老師談一次會比較好。

然而香澄似乎心意已決。

「……我不敢保證不會給蓮同學添麻煩，可是我會盡可能不要麻煩到你。」

然後她艱辛地繼續說道：

「因為我的錯而害重要的人受傷、被誤解。要我忍氣吞聲什麼都不做，我辦不到。」

我第一次看見她這樣的表情，彷彿那雙眼中有星火在燃燒一般。

自己在群體中格格不入時，她總是維持著笑容。為什麼自己以外的人被傷害時，她卻會露出這種「忍受著劇痛」的表情呢？

過去的她到底曾遭遇什麼，才會激動到過度換氣呢？

「……我問妳。我一直在想，妳在害怕的是什麼？妳說的『搞砸』還有『傷害』……」

「別再講了！」

她用尖銳的嗓音打斷我的話。

香澄的臉蛋，蒼白到失去了血色。

我以前從來沒看過她如此緊繃的表情。

「我很感謝你幫助我，我也很喜歡你……但即使我們組成了共同戰線，你也不是我的家人或男友吧？」

她尖銳的言語，使我不禁倒抽了一口氣。

香澄堅硬的防禦層，再度層層堆疊起來了。

隔天，我比平常還要早起前往學校。

昨天香澄調整好呼吸以後，叫了計程車，總算平安回到家。

但是在那之後，無論我怎麼傳訊息她都沒有回應，如此一來再怎樣也會擔心。同時，我也不曉得她的住處在哪裡。如果問了冬姊而讓她知道這件事，她一定會憂心忡忡地飛奔過來，所以我也不敢聯絡她。

因此我的作戰計畫是——早點到學校等香澄。要是她請假了，就去跟班導問她家的住址。

「早安。」

「喔，早啊。」

我在走廊上被打了招呼，於是反射性地回應，然後快步前往教室。

平常我在走廊上巧遇朋友的話，都會跟他們隨口閒聊，直到快打鐘了才衝進教室，可是今天我——嗯？剛剛的是誰？

「……………嗯？」

我連忙回頭一看。

櫻花色的頭髮、潔白的肌膚、跟人偶一樣的身材比例。

「……香……澄？」

「是我呀。」

這些都顯示她是香澄美瑠，然而我的直覺卻告訴我，那不是香澄。

香澄露出有點困惑的笑容，對我點了點頭以後，往教室的反方向走去。

要是平常的香澄，會從後方把體重壓在我的背包上，以此為樂地笑著；又或是會偷拍我的肩膀，然後躲起來捉弄我。

況且我從未看過她露出這麼沒有銳氣的表情。

「……果然，她是因為大受打擊而陷入消沉嗎？」

我喃喃說著，往教室前進。

香澄看起來不想要我接近的樣子，所以我也沒辦法幫她什麼忙。

一段時間過後，鐘聲響起，香澄回到我旁邊的座位。

「妳到哪裡去了？」

「沒去哪裡呀，只是去福利社買了飲料而已唷。」

「去福利社？香澄嗎？」

「你把我當成什麼啦？不過是飲料而已，當然能自己買呀。這很平常吧？」

「…………」

我沒辦法對她說：「哦～這樣呀。」因為我想不通發生了什麼事。

若是平常，香澄根本不會去福利社。

畢竟即便她入學後已經有些時日，但現在依然會引起相當程度的騷動。香澄走出教室這種事，基本來說不太會發生。

然而如果是今天的香澄，應該就不會引起騷動了吧。

我不知道該怎麼解釋才好。我不曉得，但是總覺得很離奇。

為了將心中的情感轉換成語言，我決定去跟琴乃商量。

「欸，妳不覺得今天的香澄有點怪嗎？」

「……是有一點。該說是奇怪還是怎樣呢？就像氣場或是後光消失了的感覺。」

「後光……啊，的確，感覺就像是……變得不起眼，或是說變得樸素了……」

——她變「普通」了。

無論到哪都受人矚目。

和誰在一起都很顯眼。

這些特色，一定都是作為偶像養成的習慣使然。

聲音要甜美一點，舉動要大一點，輕輕歪頭的舉止、柔和可人的微笑，以及「最喜歡〇〇」的口頭禪。例子舉都舉不完。

為了讓所有人喜愛，她熟練地使自己心機又可愛。也因此，香澄美瑠才會是「米露菲」。

「她在演戲。」

聲音、言行、舉止、笑容、口頭禪。

倘若沒有了這些構成米露菲的要素，香澄她，就「只是」一個超級可愛的女生而已。

想必她正竭盡所能地往「普通」靠近著。

香澄一旦專心做某件事，必定無人能出其右。

我很早以前就知道，她能以超群的感受能力，用驚人的速度在短時間內達成難以置信的結果。

畢竟這兩個月內，在她周遭能拿來模仿的樣本多到數不完。

琴乃露出詫異的表情問我：

「她在……演什麼？」

「大概是……『普通』的女孩子吧。」

那天以後，香澄徹底變成了「普通的女生」。

拜此之賜，她不再過度顯眼，在那之後也沒有引起什麼大麻煩。

然而教室裡的氣氛卻沉重到了谷底。

以前每到下課時間就會神采奕奕地與同學聊天的香澄，現在獨自坐在位置上滑手機。

到了放學時間，她會默不作聲地收拾書包，一個人回去。

上課時的小組作業，也只會跟同學交換答案，隨即一臉無趣地看著課本。
不再對任何人說「最喜歡你」。
不再綻放宛如花朵般的笑容。
——這個女生，不是香澄美瑠。
就算不說出口，我想全班一定也都這樣想。
實際上，連舞菜也專程跑來跟我說：「最近的香澄是不是有點奇怪啊？連我們都覺得渾身不對勁耶……」
『……我不敢保證不會給蓮同學添麻煩，可是我會盡可能不要麻煩到你。』
我的腦海中迴盪起香澄說過的話。
這一定是香澄為了不給我添麻煩，努力想出來的辦法吧。
確實，她變成這樣以後，就沒有造成任何人任何麻煩了。
因為香澄變成這副模樣，其他班的學生好像也不再對三班的同學找碴。
只要香澄繼續飾演普通的女孩子，這次文化祭的問題應該就會迎刃而解。
「香澄，我問妳喔——」
「……怎麼了？」
她的眼眸，已經失去了光輝。

右手掌心中的櫻花記號，也快要消失了。

「妳沒有忘記吧？跟我的約定。」

我會把香澄變成普通的女孩子。相對地，香澄要和我一起，找到我能熱衷的事物。

我們就是為此才組成了共同戰線。

「我沒有忘記唷。你看，多虧有你，我變成普通的女生了。」

香澄靜靜地微笑著說。

「……那太好了。」

我想要把香澄變成「普通的女孩子」。

我所憧憬的香澄，是一個不會流淚，就算遍體鱗傷，也會給予周遭微笑的女生。我憧憬的是她的強大，因此我也更堅定地想成為她的力量。

但是我不想以這種形式，讓她變成「普通」的女孩子。

把香澄美瑠的一切給否定，壓制，強制改寫她的性格再存檔——我絲毫不期望這種形式的「普通」。

我並不想要……讓她變成孤單一人。

「…………欸，妳現在在學校開心嗎？」

我知道，這是香澄為了不讓任何人受傷，拚死努力彌補過後的結果。

但是我對這樣的香澄相當心痛，也覺得讓她變成這樣的自己非常不中用。

「現在很開心呀。」

一瞬間，香澄的笑容扭曲了。

我眼中所見的，是她壓抑了所有情感，此時此刻就快哭出來的笑容。

「⋯⋯⋯⋯這樣啊。」

——香澄美瑠正在凋零。

再繼續飾演這種「普通」的話，總有一天，香澄會壞掉。

這樣並不「普通」。

為什麼，香澄會扭曲到連自己的感受都能輕忽？

若不先知道原因，什麼都沒辦法處理。

那天晚上，我決定探究香澄的過去。即便要用上強硬的手段。

「抱歉！有等很久嗎？剛剛的工作拖延，所以我遲到了。」

週末的下午四點多。我一個人啜飲著冰紅茶時，一名時髦的女子在我面前坐了下來。她穿著典雅的黑色長版襯衫洋裝，頭戴一頂大大的黑色報童帽。

從帽簷底下看向我的柔和眼神，以及能使人安心的溫柔嗓音。她正是我的青梅竹馬，也是現役頂尖偶像——白樺冬華。

「沒有關係啦。妳一結束工作就趕來了嗎？」

「對呀。因為蓮還是第一次聯絡我說『想見個面』呀。」

「是這樣嗎？」

「是的。所以姊姊我就高興到飛奔過來啦。」

冬姊面露輕柔的微笑。

最近因為琴乃跟香澄，我體認到自己對「美」的感覺已經失常了。但是我依然對冬姊的魅力與氛圍怦然心動，體感溫度一時提高了幾度。

她看起來真的是一結束拍攝就趕了過來，妝容比平常還要豔麗，讓我有點緊張，五臟六腑陣陣鈍痛，感覺好奇怪。

雖然她是我的青梅竹馬，但是漂亮的人就是漂亮。

「可是我再一個小時就必須回去了，不然經紀人會生氣，所以我不能久留唷。不過我還是要點一杯冰可可。今天那麼熱，經紀人應該會原諒我吧？」

「一定會啦。太甜的話，跟我的冰紅茶交換就好了。」

「太棒了。呵呵，好開心唷，好久沒有跟蓮在外面聊天了呢。」

我們現在的所在地靠近東京——其實幾乎可以算是在東京都內——這裡是一間有包廂的咖啡廳。每一個桌位之間都有牆板，隔音效果似乎不錯，就算聽得到其他桌的人在講話，也聽不清楚談話內容。

有這樣的設備，一小時卻只要兩千日圓，已經算很便宜了。因為冬姊很難抽出時間，為了和她見面，我搭了幾十分鐘的電車，久違地來到都會區。

現役偶像的緋聞規避對策真的很不得了，不過多虧平常跟香澄在一起，我已經習慣了。雖然我是冬姊的青梅竹馬，卻依舊是個男人，即便冬姊沒有說出口，可是現在和我見面，應該也讓她背負了相當大的風險。

但是既然香澄本人不願意告訴我，那我只好來詢問可能知情的人。

基於這個想法，我回到家就立刻聯絡冬姊。而她也馬上允諾。冬姊恐怕是強行更改行程，硬是擠出時間給我吧。

雖然我跟冬姊說過用電話聊也可以，但她或許是察覺到我的情況，又或許是因為這是青梅竹馬第一次的請託，才接受了我無理的要求。

「你有好好吃飯嗎？」

「有啦。冬姊呢？」

「我當然有乖乖吃飯呀。我比較擔心蓮唷，你沒有每天熬夜吧？」

「…………沒有。」

「喂！你絕對每天都熬夜了吧！……算了，這件事下次再唸你。蓮想跟我說什麼呢～？」

我果然還是在冬姊面前抬不起頭。不過得切入正題了。

「其實，我想談談香澄的事。最近我們在準備文化祭，可是發生了很多問題……」

接著我依序告訴冬姊，現在學校中發生的事情。

好不容易開始融入校園生活的事。在學校開始被同學找麻煩的事。

還有香澄變「普通」的事，以及我在這件事之中看見的，她扭曲的價值觀。

「所以我在想，香澄該不會在偶像的工作中，曾經遭遇過讓她變成這樣的事情吧？如果冬姊知道些什麼，可以跟我說嗎？」

「……蓮，你好厲害。」

「什麼？」

「米露菲不曾讓任何人看見她的內心，你卻能在她心裡留下一個位置呢。這麼說來，她又打算要忍耐了啊。」

冬姊說完，露出了看似放棄了的微笑。

「其實我本來沒有打算告訴別人這件事呢……嗯，畢竟是我把米露菲交給蓮照顧的，所以蓮也有知道的權利。」

彷彿在說服自己般，冬姊喃喃地說。

「……如果很難以啟齒的話……」

「沒關係……抱歉，等我一下。」

冬姊說完後，深深吸了一口氣。

「那個……聽我說唷。」

她緊張地在胸前握緊了拳頭，視線飄移了一下，才做好覺悟。那雙細長而清秀的眼眸，直直地看向我的雙眼。

「米露菲之所以會不當偶像，都是我的錯。」

我來不及理解冬姊的話，思考便停止了。

「……………什麼？」

「都是……我的錯。是我不好，都是我的問題……」

冬姊看著呆若木雞的我，像是在苛責自己似的繼續說道：

「……這是有點長的故事，你願意聽嗎？」

我好不容易點了點頭，冬姊才深呼吸，娓娓道來：

「儘管這件事跟蓮剛剛說的有點差異，不過你先聽我說…………米露菲是個天才，打從一開始，她就什麼都辦得到。」

冬姊小聲地說道，彷彿在細細地重新確認事實一樣。

「教她的舞步，只要看一次就學會了。就算當下還學不會，隔天也能完美呈現。她唱歌也相當厲害，很擅長變換表情，也不曾忘記要回應粉絲。因此，明明是首次亮相的演唱會，那天觀眾的歡呼卻都給了米露菲。」

這麼說著的冬姊，恐懼地垂下視線。

「……那個狀況太異常了。那天來的粉絲們，確實都有自己喜歡的偶像才對，他們卻全都喊著那位新人的名字……」

她戰戰兢兢地說下去。

「她的才能，是一種暴力。」

那個才能會引發狂熱，一種趨近異常的狂熱。

我回想起跟香澄去迪士特尼樂園時的情況，所以冬姊說的光景我也曉得。她為了不要太顯眼，已經很克制自己了，卻還是吸引眾人的目光。

以冬姊來看也是一種暴力，那種光輝到底有多麼耀眼啊？

「可是她很黏人，而且超級可愛。即便剛開始大家把她當成威脅，她依舊得到了一期生的疼愛。後來經紀公司打算捧紅她，她加入以後僅僅花了三個月，就被選入正式成員，於是開始被人嫉妒了。你看，我們家是採選拔制的，米露菲只要加入，勢必代表有人會被換下來，因此開始有人心裡不是滋味。」

cider×cider現在擴編到了六期生，總人數超過四十人，但是能上電視表演主打歌的，唯有在選拔中被選中的十五人而已。

跟冬姊說的一樣，選拔成員幾乎都是一期生，剛加入不久的香澄卻得到提拔而加入其中，這是名符其實的魚躍龍門。

「一期生們當然會很在意這件事，但當時的生活真的每天都很忙碌，沒有辦法把注意力放在自己以外的人身上。大家都為自己拚盡全力。而沒被選上的女孩們……則憎恨著米露菲。那些女孩的粉絲們當然也會埋怨米露菲，剛好在那個時候，眾人對她的誹謗中傷開始變本加厲。原本就有人批判她是『同期殺手』，她入選以後便罵得更過分了……米露菲當然也有很多粉絲，但是黑

粉的影響力真的很大。」

冬姊悲傷地說完後，一口喝光了——不知何時送來的——可可。

「我想她一開始應該很難過，也很沮喪。可是當時忙到沒有時間哭泣，誰都沒有餘力溫柔對待她。而且她是個堅強的女孩，想必是覺得：『要是有時間難過，還不如把自己變得更完美，完美到讓人說不了閒話。』於是更進一步地磨練自己的偶像技能，變得越來越接近眾人理想中的偶像……回過神來，她已經變成無人能及的核心成員了呢。」

冬姊不想表現得太灰暗，但也絕不算開朗。

她的表情嚴肅，緊咬著自己的嘴唇，繼續說道：

「另外這些我不是很清楚，可是她和家人之間的感情好像不太好，因為她加入以後很快就搬到宿舍裡來了。仔細想想，這有點奇怪呢。米露菲的老家就在東京呀。以國中生的年紀來看，應該還會跟父母親撒嬌才對……」

每天都在工作，在舞台上展現笑容，回到休息室或宿舍就變成孤零零的一個人。

一個女國中生到底怎麼有辦法過這種生活？我怎樣也想不通。

「她來到宿舍以後，好像隔絕了偶像以外的一切，開始扮演『米露菲（偶像）』，連握手會都會拚盡全力。C位是最有人氣的成員，當然也最多人排隊，可想而知會很疲勞。她卻一直都保持笑容，認真聽粉絲說話。」

「嗯，香澄記同學名字的速度，也是快得不得了。」

「……我想也是。她熟記的人名，一直都是以幾千人為單位在計算的。」

冬姊回憶道。然後她閉上眼睛，好像要回想當時的情景一樣。

「那時候，握手會持續了九個小時，就在活動要結束的時間點……就在那個時候……」

冬姊平復紊亂的氣息，試圖把話接下去。

淚水浮現在她大大睜開的雙眼中，彷彿快滿溢而出。

「她的頭髮被剪掉了。跟註冊商標一樣的雙馬尾，其中一邊被一把剪掉……」

不可置信的發展，使我的呼吸似乎一瞬間停止了。

「怎麼會有這種傢伙」、「這是犯罪吧……」我的腦袋猶如被鈍器打到，混亂得無法說出任何批判。

「等，等一下。可是香澄她在畢業公演上，確實是綁著雙馬尾……」

「那是假髮。她不希望因為自己的錯而害ＣＣ出現負面報導，直到畢業前的最後一刻都在護著ＣＣ。」

「怎麼會……」

我曾經若無其事地問過香澄：「為什麼要剪頭髮？」

畢竟說到香澄美瑠，人們就會想到雙馬尾。

為何要把——有名到能夠當成註冊商標的——雙馬尾，剪到齊肩的長度？這個問題，就連對偶像不甚了解的我也相當在意。

那時候，香澄開朗地笑著跟我說：「因為要開始新的生活，而且也差不多有點膩了，所以就改變形象啦！」

「……那是什麼藉口……」

儘管已經太遲了，我依舊為自己的白目感到反胃。

「而且剪掉她的頭髮的，聽說是我的粉絲。」

「……什麼？」

「據說是不滿米露菲進來以前還能看到我站C位，現在卻……很奇怪吧？……明明全是我實力不足呀。」

冬姊靜靜地說完的下個瞬間，宛如冬雪溶化一般，她的一隻眼睛滴下了淚珠。

「握手會結束以後，米露菲大受打擊而暈倒了。她那時第一次對我說了喪氣話呢。她說『已經努力不下去了』，『想要放棄偶像的工作』，她一邊流著眼淚一邊說……明明剪掉她的頭髮的是我的粉絲，可是在整個團體中，她能夠閒話家常的對象大概也只有我了……」

淚珠從冬姊大眼睛，撲簌簌地落下。

「所以我……從背後推了她一把。我告訴她『妳不想做偶像也沒關係』，告訴她『妳可以當

個普通的女孩子』。」

就像在懺悔一樣。

冬姊猶如自白罪狀一般，哽咽著，盡力把話說下去。

「結果米露菲……真的不當偶像了——……」

她掩著臉，用純白的手帕蓋住臉頰。

最後冬姊終於潰堤，不停流下的淚珠逐漸濡濕手帕。

她哭泣顫抖著肩膀的身姿，彷彿隨時會消失無蹤似的飄渺，好似一遭觸碰就會溶化的雪花，是那麼地纖細、脆弱。

「…………！……冬姊。」

——冬姊哭泣的樣子，自從甄選合格以後就沒看過了。

從那個時候開始，冬姊就一直是我憧憬的對象，她是那麼地耀眼又遠在天邊。相較之下，到現在還什麼都不是的我，只要知道了她的活躍，就會覺得很難受。

不過冬姊的確也有她自己的痛苦。

冬姊在我面前不斷地流下眼淚。而我不曉得該開口說些什麼才好。我用手帕擦去她的淚珠，同時竭盡所能地在腦中釐清剛剛聽到的故事。

「蓮，對不起，我哭成這樣。明明我沒有……哭的……資格。其實我……本來想要……更冷

靜地告訴你的……」

「這些故事，本來就沒辦法冷靜地說吧。我才該道歉，讓妳說出這些事。」

「沒關係。不如說，我其實一開始就該告訴你了。那個時候我卻倚仗青梅竹馬的溫柔，沒有跟你說，這都是我的不對。」

為什麼人家已經退出團體了，冬姊還要把香澄託付給我照顧？這對我來說始終是個謎團。我一直覺得這種事情一般要由家人想辦法比較正常。

可是，我現在終於理解了。

冬姊會苦苦央求我照顧香澄，就是因為有這段過往吧。那是為了不要再讓她孤身一人，也是為了不要再讓自己後悔。

冬姊用手帕仔細地擦去眼淚，然後握住我的手。

那雙手就像冰塊一樣冷冽，同時又有些許濕潤。

「我在想，米露菲會把一切都當成自己的錯，是因為她覺得只要自己忍下來，就不會傷害到周遭的人了吧。她認為由自己全部都背負下來，反而會比較輕鬆。」

聽到這段話，讓我想起不斷苛責自己的香澄，想起她過度換氣的樣子。我不禁皺起眉頭。

冬姊大大地深呼吸，再一次握緊我的手。

「可是這種事要是再繼續下去，這次她一定會壞掉。所以蓮，你去拯救她吧。」

冬姊深吸一口氣——

「因為這件事，我做不到。」

她用帶著淚水的笑容說。

「……嗯，交給我吧。」

其實我不知道香澄對我的信賴有多深。

我只有接觸過香澄心機的那一面，像個「偶像」的那一面。也許在她心中，我根本連朋友都還算不上也說不定。

即使如此，我也想要更確實地跟她打好關係，好到能夠讓她理解——「這個男生，就算承擔了我的壓力也不會壞掉」，讓她可以多依靠我。

畢竟我們在那一天組成共同戰線的當下，就注定同生共死了。

「……話說，冬姊也要小心一點啊。像那種誹謗中傷，絕對全都是在嫉妒冬姊而已啦！」

「…………謝謝你。」

「倘若有什麼事，都要立刻跟我說唷。我可能幫不上什麼忙啦，不過如果妳要找律師，我會認真幫妳找律師事務所的。」

「好誇張唷，而且蓮的想法也太獨特了吧……欸，如果我壞得破破爛爛了，你能收下姊姊我嗎？」

這個人就是會講這種話讓我困擾。即使我們是青梅竹馬，也該有條界線來區分安全與否的吧！不過我怎樣也不敢對她抱怨，只好直直瞪向冬姊。

「就算不用拜託我這種人，妳也不缺對象吧。」

「哇～好過分。姊姊我明明就只有蓮弟弟而已了說。」

「好啦好啦。」

「喂，你不相信我對不對？」

哪會有人敢相信現役偶像說的情話啊？

真是的，捉弄青梅竹馬來取樂，到底有什麼好玩的啦？

冬姊咧嘴一笑，然後看了看時鐘，故意開玩笑似的發了牢騷說：「妝都花掉了啦。這下子要被經紀人罵了。」接著開始收拾，準備回去。

手機上顯示現在時間五點半，已經超過原本預計的一小時了。

「時間沒問題吧！」

「沒問題，姊姊我可是很嚴謹的，已經事先報告過可能會遲到了。」

「怎麼聽都完全不是沒問題啊！」

「呵呵，所以人家這不是在收拾了嗎？明明還想再多陪陪我重要的青梅竹馬呢。」

冬姊偷偷看著我的臉說道。

「要是累了，可以來找我唷。我會好好疼愛你……疼到讓你離不開我。」

「……快給我回去工作！」

「唉～～真是冷淡。我這就回去嘛～」

真要命。偶像這種存在，每個都那麼心機嗎？講這種話根本存心要讓我誤會嘛。

我現在終於能理解，為什麼偶像的粉絲們會那麼頻繁地跑握手會了。

回去之前，冬姊小聲抱怨道：

「人家可不是對誰都會這樣做的喔～」

畢竟我們是青梅竹馬，所以這句話沒有更進一步的效果——

——我這十五年來的青梅竹馬經歷如是說。

初夏的下午五點半，陽光依然耀眼眩目。

而我的腦袋會有種好似要融化的感覺，想必是這逐漸炙熱的斜陽所致吧。

Side：白樺冬華

「…………嘶……呼～……」

跟蓮見面以後，心律總是會飛快上升。

心跳加速是必然的。因為我最喜歡蓮——也是因為我懼怕著，自己的謊言會被蓮給揭穿。

我什麼也做不到。我不像蓮所想的那麼溫柔，也沒有那麼漂亮。

我不善於跳舞，也不擅長唱歌，其實我甚至不曉得該怎麼跟人交流，要是可以的話，我想要一直關在房間裡就好。

我的一切都在平均值以下，什麼都做不好。即使如此，我還是想要當好一個——我最喜歡的蓮所憧憬的——姊姊。所以為了成為蓮所憧憬的對象，我什麼都做了。

我是一個愛哭鬼，只要停止練習就會不安。膽小懦弱的我，幸運地很適合當偶像，因為這個工作，只要努力就會得到評價。

我一直認為，如果是這個領域，我就能成為第一。

可是當二期生——當香澄美瑠進來以後，我才發現那是自己的誤解。

『…………妳不想做偶像也沒關係。如果米露菲真的想當個普通的女孩子……』

我以隨意的心情，敷衍地建議米露菲一個距離偶像最遙遠的目標。

因為那時候的我還不知道，她會轉學到跟蓮同一所學校。

因為我沒想到她會說：「我居然轉到冬華姊的家鄉了呢！」我甚至利用這點，想要與蓮產生

更多的連結。為什麼我會一時鬼迷心竅？

為什麼，我會讓他們兩個如此接近？

『如果冬姊知道些什麼的話，可以跟我說嗎？』

我暈眩的腦袋裡，閃過了蓮認真擔心米露菲的表情。

「為什麼，妳無論到哪裡……」

……不管到什麼地方，都要妨礙我？

我只是想要當一個蓮所喜歡的，溫柔的姊姊而已。

我只是想要讓蓮喜歡我而已！

『結果米露菲她……真的不當偶像了——……』

明明如此，我卻還能流下自責的眼淚。我果然適合偶像這個工作。

畢竟蓮一直以來，都把我視為一個特別的女孩子。

在那個瞬間，我才能成為他所憧憬的溫柔姊姊。

我無法停手。被蓮以外的人喜歡，一點意義也沒有。

——因為無論我增加了多少粉絲，依然會在觀眾席中找尋蓮的身影。

「……不能告訴他這件事。」

其實我只是覺得美瑠很礙眼，才勸她放棄當偶像。

你與我的約定，支撐著我活了過來。即便那是兒時的約定，即便你可能早已忘卻。

我不是特別的女生，也不是可愛的偶像，我只是一個手段骯髒的窩囊廢。

要是我的這一面被他給知道，我一定就活不下去了。

我回想起──到剛才為止還和我在一起的──蓮的身影，然後繃緊鬆懈的臉頰。

「我必須一輩子隱瞞下去。」

絕對不能被蓮給識破。

我得知香澄辭去偶像工作的理由。

原本打算在隔天告訴香澄——沒必要視一切為自己的過錯。

「蓮同學，早安。」

「……嗯，早啊。」

距離預備鐘聲響起還有一段時間，早晨的教室裡，學生寥寥無幾。

教室裡的氛圍略顯尷尬，香澄則一派輕鬆地坐在我隔壁的位置。

已經過了三天，我至今仍未能向她開啟這個話題。

原因一定是因為我越是思考，就越覺得那份重擔遠比我想像的還要沉重。

不曉得該怎麼開口，甚至不曉得該講些什麼，開始覺得一切都是我自作主張。各種想法交雜在一起，使我無法釐清自己的心緒。然而最主要的理由是……

——但即使我們組成了共同戰線，你也不是我的家人或男友吧？

事到如今，我才意識到這句話在我心裡刺得有多深。

由於不希望我更近一步踏入她的心裡，香澄才會這樣說。
我想走進她的心扉，所以才繞了旁門左道跟冬姊打聽原因。
結果現在反倒因為知道香澄的過去，離她更加遙遠。
不是香澄的錯——要是只靠這種說詞就有辦法觸及她的心坎，冬姊的話語早就打動香澄的心了。
那樣不「普通」。
那麼所謂「普通」究竟為何？對她講這種話又有什麼幫助？
我只希望妳幸福，希望妳像之前一樣露出笑容。明明有這麼多想法想傳達給妳，但每當我想將它們轉換成言語之際，就會不曉得該如何開口。
「…………」
我偷偷望向香澄的側臉。
香澄的過往，本來應當由她本人親口告訴我才對。
問題在於得讓她信任我，信任到足以傾訴一切的程度，屆時才能夠走入她的心中。
即便我一廂情願地認為只要從現在開始取得她的信賴就好了，罪惡感與束手無策的無力感，卻帶給我雙重打擊。
我不能就這樣放著香澄不管。

卻也不能輕佻地直接告訴她：「我聽說了妳的事嘍。」

況且要是因為我又說了些什麼而破壞了香澄勉強保持的現狀，導致她真的崩潰——這才是我最害怕的事。

「我看妳還是停下來好了。」

明明這些顧慮一直都讓我開不了口。

「…………停下什麼？」

「飾演普通女生啊。」

然而我在視野邊緣瞥見了一道有點嚴重的傷口，傷口上還沾著泥土。這個瞬間，話語隨即脫口而出。

「妳的膝蓋流血了。」

「啊…………」

「妳沒有注意到吧。都是因為妳把注意力都集中在不習慣的事才會這樣。」

香澄掏出手帕按在傷口上，隨即感到不可思議似的露出笑容。

「你在說什麼？只是因為一點都不痛，我才沒注意到罷了。」

「別胡說了。要是沒有跌倒或擦撞，怎麼會出現這麼嚴重的傷？妳的確就是那麼專心啊，專心混進普通（配角）的行列裡。」

我知道自己現在話中帶刺，然而若是沒做到這個程度，一定無法破壞她的防護層。如此一來，就無法把我的想法傳達給香澄美瑠！

「也是啦，一定很難吧？畢竟妳呀，光是活著就醒目得要命了。」

「沒那種事吧？最近完全不……」

「那當然嘍，畢竟妳入戲很深啊。」

「……蓮同學，為什麼你擺出了一副要來找我吵架的樣子？我有礙到你嗎？」

我不斷用言語激她，好不容易才讓香澄的表情因為煩躁而歪曲了。

就是這樣。再加把勁，我要把她再拖出來一點！

「就是因為沒礙到我才讓人不爽啦。明明是妳自己說我們是共同戰線，要一直跟我在一起的，結果突然就跟我劃清界線，撇清關係。這種事教我怎麼接受！」

「…………你以為只要是朋友就什麼都會講嗎？怎麼可能？無論是誰，都有能觸碰的點跟討厭被觸碰的點不是嗎？你連這些都不懂？」

香澄惱怒了。

她的個人色彩回來了，說話方式變回來了。

突然爭執了起來的我們，被同學們的視線給團團包圍。

但是我想香澄應該絲毫沒注意到。

「蓮同學這種白目的性格我最討厭了！」

因為香澄的眼裡現在只有我一個人。

我們四目交接。她濕潤的大眼睛之中映照著我的身影。

「我這樣就行了。我自己的事自己明白就好。所以不要因為我變普通就這麼擔心我好不好？」

——我並不打算妨礙與你的約定。

聽到她說這句話的這個瞬間，我內心深處的某個東西應聲斷裂迸開。

「我現在並沒有在擔心自己！我的目的一點也不重要！」

回過神來時，我早已毫不在乎同學們視線地大喊出聲。

「別轉移話題！現在我在談的是妳的事！」

啊，真是火大。

只在乎別人，動不動就把自己的感受排在後面。

甚至真的打從心底認為「這樣就行了」。妳這種性格實在有夠……！

「都跟妳說了，不要立刻就犧牲自己！我在叫妳不要放棄自己啊！妳不就是討厭這樣才不當偶像的嗎！」

「……我有說過這件事嗎？」

我慌忙捂住嘴。

對了，這件事，香澄一句話也沒講過。

「呃……妳沒說過。」

香澄狠狠瞪著驚慌失措的我。

「我不知道你是從哪裡得知的，但是你憑什麼指責我？再說，我也不想為了自己毫不在乎的人忍耐這一切！」

她彷彿正痛苦地忍受一切，心中的千言萬語卻源源不絕地湧現而出。

香澄將那些話語交纏在一起，同時深深吸了口氣：

「我是為了大家才忍的！是為了蓮同學才忍的！所以我的事怎樣都好。我都已經壓抑自己心情在努力了！為什麼你要一而再再而三，說得好像很了解我一樣！為什麼要一直阻止我想做的事！你就這麼希望有人向你求救嗎！」

「妳才是，我什麼時候嫌妳麻煩了！再說，妳以為我是為了什麼才跟妳一起煩惱過來的！妳就是一直想當個普通女生，才會努力到現在的不是嗎！要是現在去粉飾那些，一切不就都白費了嗎！妳乾脆快點責備我『幹嘛一開始要叫我演電影』不就好了！妳就是因為當偶像時也一直像這樣忍耐，後來才會……！」

「對啦對啦，我就是這樣。我不過就是……不過就是個……心裡完全沒有粉絲，只能為自己當偶像，結果又放棄的傢伙而已！」

——我總是只想著自己。

香澄突然自言自語地細聲說道。

剎那間，她錯開了視線。

「…………」

「喂！等一下！」

她彷彿彈起來般地站起身，往教室外跑了出去。

而我的腳猶如被釘在地板上一樣，沒辦法追上她的腳步。

「…………！」

我到底……在做什麼？

這樣根本沒有幫到香澄，反而只是把她逼得更緊了而已。

我並非希望她說出自己的辛苦，只是……只是想告訴她，自己也想要為她做些什麼……

在那之後，香澄跟老師說自己身體不舒服，所以遲到了，然後一臉沒事地回到教室……

而她完全沒有引起關注，聲音也沒有一絲紊亂，完美地扮演了「普通」的女孩子，沒有跟任何人交談，一個人回家了。

放學時間。我聽著噹噹響徹的警鈴聲，站到平交道前。

風聲呼嘯，傳來了電車駛近的聲響。

當電車傳來哐噹哐噹的激烈聲響，從我眼前飛速駛去之際，我喊叫出聲。

「啊啊～啊啊啊啊啊啊～啊！！！」

喉嚨火辣辣地刺痛。

「為什麼！不來依靠我啊——！」

轟鳴聲之大，讓人不禁懷疑耳膜是否會因此破裂，卻是如此令我爽快。我對自己的想法感到反胃。

「為什麼要那樣……為什麼要獨自攬下一切！為什麼還能一臉沒事！朋友就不能分擔了嗎！朋友就一點忙都幫不上嗎！」

我彷彿要吼破喉嚨般地放聲吶喊。

「我什麼事都……做不了嗎……」

電車通過。與此同時，我也無力地跪倒在地。

「…………要是我當時沒有叫妳演電影…………」

電車的噪音，已經不會幫我掩蓋心聲了。

Side：香澄美瑠

「妳不就是討厭這樣才不當偶像的嗎？」

「…………………！」

他一語中的，使我差點忍不住哭了出來。

我沒辦法立刻否定他……

因為我的確隱約察覺到自己有自我犧牲的傾向。

喀嚓！

耳邊響起了金屬摩擦的聲音。

腦袋突然變得輕盈。櫻花色的某物從臉頰邊飄散落下。

眼前出現了拿著剪刀的人物。

他是為了見我這個偶像而排隊等候的人。

我的腦中頓時一片空白。好可怕，發生什麼事了？然而……畢竟我是個……

Q.對米露(偶像)菲來說，現在最重要的是什麼呢？

A.向粉絲傳遞笑容！

現在這個場合，不需要我的個人情感。

不知道為什麼，我突然想要放聲尖叫，於是哽住喉嚨，給了他滿滿的笑容。

「謝謝你來看美瑠！」

「……咿！為……什麼！」

「…………您怎麼了嗎？」

眼前的男子面露恐懼萬分的表情。

「美瑠！美瑠！妳沒事吧！」

「沒問題的，我沒這麼累啦。握手會還可以繼續進行下去的！」

「妳在說什麼？妳知道自己剛剛發生了什麼事嗎……！」

經紀人拿出一條乾淨的手帕按在我的臉頰上，隨即拉著我，硬是把我帶進休息室。

我照了休息室裡的鏡子，才發現……

「咦………？」

才發現自己正在大哭，才發現我細心呵護的雙馬尾少了一邊。

「……頭髮……被剪掉了呢。」

我事不關己地回應經紀人。

怎麼樣都無法消化現在的狀況。

「不過沒問題。」

「什麼沒問題！」

「沒問……題啦，我還能繼續……？」

我還想再多跟粉絲們聊天，還想繼續給他們笑容，必須告訴他們：「我最喜歡你們了。」

明明如此心想，經紀人卻對我面露懼色。看到他發自內心的表情，不知為何，我的頭突然疼痛欲裂，使我當場倒了下來。

「……啊……哈……嘶……哈……」

不斷流下的眼淚濡濕了髮絲，使得頭髮沾黏在臉頰上，感覺很不舒服。

吸不進空氣。好痛苦。好想吐！

「該回去……才行……」

我現在……必須回去。

因為……還有人沒有握到手。

要是被討厭了怎麼辦？

要是失敗了該怎麼辦？

咦？我現在……該不會已經失敗了？

當我的腦中瞬間掠過這個想法，視野便開始劇烈晃動起來。

喜歡的情感、厭惡的情感，以及悶沉的疼痛，全都混雜在一塊。

好痛。好痛。好痛。好痛。

那個當下，我回想起朦朧的記憶。

——話說回來，我不是「偶像（米露菲）」，而是「香澄美瑠」啊。

醒來之際，我已經躺在宿舍的床上了。

感受到腦袋比平常輕盈，頭髮的長度不再對稱。

一直在視線中搖擺的雙馬尾，已經不在了。

「啊…………！」

比起這些無關緊要的小事，我比較在乎粉絲們的反應。

因為那個人的後面還有好多人在排隊。我打開手機的電源，時間是晚上九點，握手會早就結束了。

我俐落地在社群媒體App上輸入「米露菲」，按下搜尋。

『好擔心米露菲。』

『啊～好不甘心，排了五個小時結果沒見到她啦！』

『米露菲身體不舒服喔。會場好像有點騷動的樣子，不知道發生什麼事了？』

「大家沒發現美瑠的頭髮被剪掉了……？」

新聞App的標題映入眼簾——「香澄美瑠身體不適？握手會終止」。看來我的頭髮被剪掉的事件，官方似乎設法幫我擋下來了。

「太好了。」

如此一來，即使我跟米露菲有點不一樣，也不會有什麼問題了。

今後也能好好當個偶像。我如此想著……

「…………不該是……這樣吧？」

我現在以哪邊為優先了？

哪邊的情感占上風了？

因為自己倒下而沒有跟粉絲握到手的歉意，以及頭髮被剪掉的恐懼——比起這兩種心情，

「我好像還沒有被討厭的僥倖」眼下反倒更勝一籌。

「我該不會……很奇怪吧？」

一陣暈眩突然襲來。喃喃道出這句話後，我的感受變得更加鮮明。

我真的有點奇怪。是從什麼時候開始的？

究竟是打從什麼時間點開始，我不再以粉絲為優先，反倒是以「自己是否能被愛」為優先了——？

「米露菲，妳還好嗎？」

一道哭音傳入耳中，讓我迅速抬起頭。

又長又美麗的銀髮保養得無微不至。那是我的憧憬——冬華姊來了。

「冬華姊，妳怎麼來了？」

我好高興。這還是第一次有團裡的成員來到我的房間。

但是她的樣子看起來很奇怪。

「……那個……為什麼冬華姊在哭呢？」

「說什麼『為什麼』……」

她看起來相當苦惱，好像不知道該怎麼回答，最後小聲地說：「……真的很對不起。做了那件事的……是我的粉絲。」

「…………原來如此。」

這一點都不打緊。

頭髮這種東西，馬上就會長回來了。

「那個……」

「對不起。對不起。對不起……」

然而冬華姊卻不停哭泣地向我道歉。

「……不是冬華姊的錯，請妳別道歉。」

「不……因為會變成這樣，全是我的實力不夠造成的啊！」

「那種小事……」

「這不是小事！米露菲曾經說過粉絲會誇讚妳的頭髮，所以妳才認真養護頭髮。這些事我都知道……」

這不是小事……嗎？

我恍然大悟。原來如此，這才是正確答案呀。

冬華姊的才能遠遠超過我，那是壓倒性的才能——被愛的才能。

她非常適合當偶像，因為她是那麼地閃耀動人。當我認知到這個事實時……

只覺得豁然開朗。眼下就是我的極限了。我如此做好覺悟。

畢竟偶像一旦知道自己的極限，又哪有辦法讓人露出笑容呢？

「冬華姊，我已經……努力不下去了。」

「………咦？」

「我想要放棄當偶像，沒有自信能繼續讓大家露出笑容……」

我沒辦法像冬華姊，那麼單純地……

「欸………？」

冬華姊很溫柔，太溫柔了，因為她就是這麼溫柔。

所以我知道只要這樣講，她就沒辦法否定我了吧。

「…………不想做偶像也沒關係。如果米露菲真的想當個普通的女孩子……」

冬華姊哭得比我還傷心。

比起自己的眼淚，冬華姊所流下的淚水更加美麗幾百倍。

我的淚水並不純潔。畢竟為自己而流淚，又算什麼呢？

我不需要引人同情或空洞膚淺的淚水。今天就是我最後一次不爭氣地痛哭了。

啊，冬華姊真的好厲害。她是真正的偶像。

我用朦朧的腦袋恍惚地想著。

「我、我絕對不會忘記自己的粉絲對米露菲做過的事。我會代替米露菲背負一切，站在舞台上！」

這就是偶像。我根本是個冒牌貨嘛——

因為到頭來，我只是無法忍受辛苦而逃跑罷了。

冬華姊從今以後也打算面對那道傷痕，遠比我要強大得多。

「那我……就可以安心了。安心當個……普通的女孩子！」

不知為何，忍不住的淚水滴答滴答地滿溢而出。

如此這般，我成了個「普通的女孩子」。

『關於香澄美瑠——』

經紀公司正式對外發表了我的畢業通知。我戴著不習慣的假髮，完成了畢業公演。

那天以後，我的某個部分就故障了。

我沒辦法與任何粉絲對上眼。腦袋裡好像蒙上了一層薄霧，在畢業公演上我到底講了些什麼？現在幾乎想不起來。

而部落格上的畢業報告，我只寫得出對粉絲的感謝。關於自己的未來，我什麼都寫不出來。

畢竟我之所以會當偶像，並非為了讓粉絲歡笑，也不是要帶給粉絲們幸福，只是想得到承認而已。正因為有人需要我，我才能夠活下去。

——我為了自己而成為偶像，也為了自己而放棄當偶像。

辭去偶像的工作以後，我突然變得很閒，整個人無精打采，就像變成了空殼。同時我也深切感受到不是米露菲的自己沒有任何價值，褪去偶像的身分以後，我真的什麼也不是。

記者們在我的畢業採訪上紛紛來詢問我：

『結束偶像生涯以後，您有什麼打算呢？』

那種事我怎麼知道？我才想要有人告訴我呢。

我之所以會轉學，其實也是個相當隨興的決定。因為我不覺得自己想成為什麼都能如願以償，於是決定暫且先嘗試讓自己變「普通」好了。

總而言之，只要能夠成為我（米露菲）以外的人就好了。

希望這次不要帶給任何人麻煩，希望這次不要失敗。

『畢竟我也想跟妳做朋友啊。』

可是為什麼，我會與你相遇呢？

不會用偶像濾鏡看待我的人，你還是第一個。

而我，又是從什麼時候開始喜歡上你那率直地凝視著我的視線呢？

在那不熟悉的教室中，我是從何時開始變得能夠盡情呼吸了呢？

『那我保證，既然都逼妳參加了，就絕對不會讓妳孤單一人。』

因為有蓮同學在，我才能再度鼓起勇氣重新站起來，覺得自己可以相信他。

說要與我組成共同戰線，願意把我當成「我」來看待。

我以為如果跟你一起的話，我也可以有所改變。

我曾覺得這次可以順利進展。

——然而現在讓蓮同學深深痛苦的人，卻是我自己。

「嘶～——……」

我一直改變不了自己。

「呼～——……」

我用嘆息取代了即將潰堤的淚水，深深吸飽空氣，而後吐出，如此重複。

『我很感謝你幫助我，我也很喜歡你……但即使我們組成了共同戰線，你也不是我的家人或男友吧？』

當時，我到底想做什麼呢？

我用那種方式說話，他一定會在意原因吧。

所以即便蓮同學來探究我的過往，我也責備不了他。

其實，我並非不希望過去的事被他知道。

其實，我並不討厭他試圖踏入我的內心。

畢竟比起家人，其實我更重視他。儘管我沒有談過戀愛，所以不太了解，但我敢說比起男友，我一定更重視蓮同學。

我只是很害怕。

害怕隨著他深入認識我這個人，就會發現我的內在空空如也，害怕他因此對我失望。

『妳害怕被我討厭嗎？』

沒錯，我很怕！真的很怕被你討厭。

你突然開始陪伴在我身邊，起初讓我有點不知所措，於是我憑著習慣，用偶像的舉止面對你。然而蓮同學卻那麼真摯地對待我。曾幾何時，我也忘記要拉起警戒線了。

回過神來時，我總是在身邊找尋你的身影。

比起孤單一人，或是被——來東京巨蛋看我的所有——紛絲們討厭，現在的我更害怕被蓮同學厭惡。

「我到底……該怎麼做……」

……我啊……是從何時開始，對蓮同學懷抱如此沉重鬱悶的情感呢？

「……才能……變成一個普通的女孩子……！」

到底該怎麼做，我才能為了拚命幫助我的蓮同學，變成一個普通的女生呢？

我必須先跟他道歉才行。

或許他已經討厭我了也說不定，總之非得快點道歉不可。

明明給人家添了這麼多麻煩，到頭來卻仍不想被蓮同學討厭。我是什麼時候開始變得這麼任性了呢？

「我明明……想要改變……！」

我抬起頭，朝臉揮動雙手扇風，只為了不讓眼淚流下。

在歪曲的視野中，渴望著勇氣的我，親吻手心裡那模糊不清的櫻花瓣。

為了忘掉香澄的事情，我開始把心力都放在拍攝電影上。

每當腦海中隱現香澄的身影，我就會用電影強行蓋過去，導致我現在不管早、中、晚，無論何時都在思考電影。

儘管剪輯的工作我尚在學習中，卻仍期待這部作品能往好的方向前進。

畢竟，能為香澄做的事，我也只想得出這件了。

為了讓文化祭成功、為了這個班級，香澄變成了「普通的女孩子」。

既然如此，我能做的事就只剩完成這部電影了。

有段時間，因為香澄的個性驟變，導致攝影的參加率掉了很多，所幸有意料之外的來訪者出現——老師會拿東西來慰勞大家，每天都來學校參加社團活動的田所也會帶社員來幫忙——所以全班的士氣依舊高昂。

而且，關於香澄改變的原因，與其背後的理由……

我想大家應該也隱隱約約注意到了。

九、也把你的「　　」都給我吧

可是到現在，仍時不時會出現不請自來的訪客。

有時會有其他班的同學，跑來盯著我們班看；有時則會有學長姊，故意用聽得到的聲音對我們謾罵。

起初我們還會想：「這些人到底在不爽什麼？」但現在只覺得莫可奈何。

那些人應該就是不爽「香澄在這個班上」吧。

但是，「香澄美瑠的班級」並非我們能夠決定的。況且為了讓文化祭成功，香澄甚至佯裝得「普通」，比起局外人的意見，我們當然更重視她——這逐漸成為我們班的全體共識。

倒不如說，在班級的ＬＩＭＥ群組中（最近琴乃有邀請香澄，所以她當然也在群組裡）討論到香澄的同學們，也開始以自己身為「香澄美瑠的班級」成員而自豪。

是以我們並未像剛開始時那樣，接收到他人的惡意就動搖，反而紛紛下定決心，打算高票奪下優勝給那些人好看。不過——

「哦，這不是柏木嗎？你們放棄假日了喔？三班的幹勁也充足過頭了吧。」

若要問我們：「被人問到這件事，真的能毫不在意嗎？」則另當別論。

伴隨著冰冷的話音，氣氛一瞬間變得凝重。

向我搭話的，是去年我跟田所的班上擔任文化祭委員的清水。

「……嗯，對啊。」

雖然被清水點到名，但我相當專心在構思建構電影的分鏡。

因此只含糊地點了個頭打招呼，想要打發清水……結果好像惹到他了。

「還真好耶你們三班，拿米露菲來用算是作弊了吧？我一直在想啊，反正你們不管搞什麼都會贏，有必要那麼認真嗎？」

不對，他來激我可能是障眼法而已，真正的目標或許是香澄。

我只好抬起頭，隨口回應他：

「……又沒關係，我們只是想要享受文化祭呀。」

「啥？你不是會一頭栽進文化祭準備的類型吧？明明做什麼事都是半吊子，很快就厭倦了，我從沒看過柏木你對什麼事情認真耶？」

「…………那是因為……」

「果然你也想要表現給米露菲看吧？」

「……………」

總是很快就厭倦而抽身……

以前的我或許確實如此。

明明應該有所收穫，但總覺得不滿足。一想到自己如果今天就會死掉，卻沒有留下任何事物，就會覺得很焦躁。儘管受到焦躁驅策，卻不曉得該如何向前走。我沒有能夠傾訴這件事的朋

友，冬姊與琴乃正逐漸往前邁進。

然而現在不同了。我身邊有香澄在，有電影，還有班上的同學們陪伴。與誰一起製作些什麼，原來能讓人如此開心，就算要獻上所有時間也在所不惜。我現在對此相當「熱衷」。

如果是一年前正焦躁的我，或許就會跟清水吵起來了。

「抱歉，我現在很忙，以後再聊可以嗎？」

我皮笑肉不笑地說。

我已經找到「目標」的碎片了，就算得不到理解，就算被說不符形象，這些全都無所謂。況且此刻交談的同時，我也把整副心思放在「該怎麼做才能拍得更好」，對話內容根本是左耳進右耳出。

難得我現在專心到快吐了耶。

若要把清水歸類在朋友，交情未免太淺，頂多只能算是萍水相逢罷了。把時間用在他身上實在浪費。

「你太認真了啦，柏木。看得我都不好意思了。」

「真的假的？我是覺得滿開心的啦。」

「我講真的。你現在很格格不入。」

「……是喔？」

我隨意地笑了笑敷衍他，回頭繼續工作。

一旦隨便把話題帶過去，覺得厭煩無聊的他就會離開了吧。

然而清水似乎覺得光是挑釁我還不夠──

「是說你們不覺得被柏木要求到校很煩嗎？幹嘛浪費寶貴的假日拚命準備？不過是高中的文化祭，有必要這麼認真嗎？」

我抬起臉，望見咯咯地嘲笑我們的清水繼續說道：

「結果你們最後還是得仰賴米露菲的知名度吧。啊，這樣行嗎？完全就是靠人家宣傳的，裝什麼認真準備啊？也該注意到全校都覺得你們二年三班很礙眼了吧，所以才會有人不小心灑水到某人身上不是嗎？雖然不關我的事就是了。」

「你這傢伙………」

即便被這種傢伙找碴，琴乃也默不吭聲嗎！

我不由得怒火中燒，眼角餘光卻瞄到了──靜靜地看著前方的──琴乃的身影，好不容易才忍住衝動，不去跟對方理論。

「別因為同班就囂張啦，根本只會給米露菲添麻煩嘛！」

就算我、琴乃或是同學們再怎麼反駁，再怎麼主張我們沒有傷害她，香澄肯定還是會因此責備自己。

而即便她受傷了，也會為了不讓周遭的人擔心而強裝沒事。

所以，現在乾脆完全無視他——

「拚命努力有什麼不好？」

嚴厲尖銳的質問，讓我們一瞬間分不清是誰的聲音。

「……香澄…………？」

一直以來，她總是以普通的擬態偽裝自己。

為了不引人注目，她扼殺了自己的本性。

此時的香澄明顯與平常的樣子不同。她並未對我的聲音有所反應，慢慢地朝清水走去。

「……你知道嗎？蓮同學犧牲了睡眠時間，一直在思考拍攝的構圖，所以最近他上課時看起來一直都很想睡。」

香澄冷不防地道出我的名字，一陣討厭的緊張感掠過背部。

「琴乃為我增加了電影的場景，因為我而害她被找麻煩，卻仍像是什麼事都沒發生過地來跟我聊天，甚至還會擔心我的狀況。」

一旁的琴乃露出泫然欲泣的表情，小聲地說了聲：「原來妳注意到了……」

「…………坂本同學幫大家製作小道具，明明手上都貼著ＯＫ繃了，還笑著騙大家說是在家

裡受傷的。朝宮同學上次誇獎我：『妳很努力嘛。』儘管我被她討厭也是合理的，但她最近終於願意稍微認同我了。」

接下來，香澄一個一個列舉了同學們的名字。偶爾會稍微停頓，但她依然持續說下去。

「大家真傻呢，為什麼要為我那麼努力呢？為什麼要來幫助我這種人呢？為什麼不放棄我就好呢？為什麼要像這樣……保護我呢？」

以自虐的口吻飛快說道的香澄調整氣息，深吸了一口氣。

「……我明明……一直失敗……」

她用看不出是高興或悲傷的表情咧嘴而笑。

我想，她一定早就超出極限了。

因為她硬擠出來的聲音，聽起來就像咬牙哭泣一般。

彷彿只要再眨一次眼，淚珠就會滑出眼眶。即便快哭出來了，她扭曲的嘴角依然嘗試保持笑容。

站在我身前的背影是那麼地柔弱纖細，彷彿隨時都會崩潰倒下。但她是香澄，我確信她絕對不會輕易倒下。

「給人添麻煩的明明一直是我，你們卻說三班要靠我的知名度？那麼明顯的找碴居然說是不小心？……少把人當傻瓜，給我適可而止好嗎！」

香澄像這樣激動地斥責別人的場面，讓我打從心底震驚不已。

畢竟在這兩個月裡，我還是第一次見識到她對某人發火的樣子。

「把拚命努力的人當傻瓜，這種人我最討厭了……！所以呢？不努力的人難道比較偉大嗎？憑什麼！小看正在努力的人，嘲笑他們拚命的樣子，他們做錯什麼了嗎！光是否定，只會出一張水……這種見不得別人努力的傢伙才是遜到極點！」

至高的美少女朝自己步步逼近，被這股氣勢給壓倒的清水慌了手腳。

而香澄則是噙著淚水，同時朝清水展現我們至今都未曾看過的笑容。

「無論是我重要的同學們，還是大家的努力與溫柔，你什～～麼都不了解！才不想被你這種人品頭論足，甚至否定……！」

笑容是偶像的戰鬥架勢。

腦海中猛地浮現香澄說著越是痛苦、越是不如意之際，更要保持笑容的身影。

她此刻的背影不僅吸引了我的視線，在場的所有人也應該都目不轉睛地注視著香澄。

因為她的身影彷彿在訴說著——看著我，注視我，關注我，見證我。

然而香澄本人早已處在崩潰邊緣，就像從上方被叉子刺下的千層酥，滿目瘡痍。

這是怎樣？究竟是什麼狀況……？

「…………」

呼吸好像要停止了。

這就是香澄美瑠真正的實力嗎？

我在她的背後，看到了滿開的櫻花。

我下意識地擺出對焦框的手勢，不過在發現框中並未照映出櫻花後，又放下了手臂。

我想要把現在的香澄，把她的身姿拍下來。

「剛剛那到底是怎麼回事……」

讓人心生畏懼，全身發顫。

真正的香澄美瑠，能夠魅惑人心，甚至讓人忘記呼吸。實在是……

——實在是太帥了。

我一直以為她只是個一味忍耐，壓抑自我的女生。

甚至讓人覺得她似乎早已放棄自己，即使把一切過錯都攬到自己身上也無所謂。

想到她為何要不斷忍耐，忍耐到連一滴眼淚都不肯流下，甚至令我怒火中燒。

但是我現在才察覺到，她是為了守護真正重要的事物。

『我是為了大家才忍的，是為了蓮同學才忍的！所以我的事怎樣都好。我都已經壓抑自己心

情在努力了！』

我忽然回想起香澄說過的話。

明明聽見了她的心聲……

卻沒有發現她是這麼地重視同學們。

什麼都不曉得的，其實是我。

『香澄美瑠的內心有點扭曲。』

一點也不普通。

為了自己喜歡的人，她願意承受所有傷害。即便奮鬥、忍耐、變得遍體鱗傷，依舊不流下一滴淚水，為了周遭的人們笑著。

正因如此，她才會是香澄美瑠。

「……我一定是——」

一定是因為自己總是一味地逃跑，相信萬事都由才能左右，實際上只是不敢面對挑戰，就連改變的覺悟都沒有，才會變成現在這樣。

我一直想要認真改變，全心全意，就算熱衷到旁人覺得我很可笑也無妨。

所以才會對清水感到氣憤，憤怒到連自己都難以相信的地步。

「我饒不了你。」我用誰也聽不到的聲音暗自呢喃，隨即站到彷彿隨時都會倒下的香澄前

方。

「我們既沒有囂張的打算，也不是那麼想贏。糾結在那種無聊的東西上，還來跟我們較勁的你們，說真的讓我們備感困擾。講白了，你們很煩。」

即使滿目瘡痍，依舊挺身而戰的香澄，以及與方才的模樣明顯不同的我——面對我們兩個的清水面色鐵青，然而我絲毫沒有打算原諒他。

對琴乃潑灑保礦力的那個瞬間，他們就已經越界了。

……啊～這下就能跟這傢伙絕交了吧。我想著無關緊要的事。

或許之後會傳出有的沒的謠言，說「柏木變了」或是「柏木突然發飆了」之類的。但是這種程度就會絕交的緣分，多斷幾個也沒問題。

我們不像幼稚園小孩，無法跟每個人都交好。

現在我已經找到「熱衷」的事，根本不想理會那些雜事。

為此，我的心中湧現千言萬語，無法止息。

「……我說啊，拚命努力其實比想像中來得開心呢，就是所謂的要怎麼收穫先怎麼栽？……到底該怎麼說你才會懂啊？」

啊，香澄真厲害。

因為我很弱小，光是說著這些不習慣的話，就讓我雙腳微微顫抖了。

「也就是說……那個……如果每天都活得那麼無聊，那我覺得現在這樣要好上太多了。」

「…………！」

整張臉明顯漲得通紅的清水，只能拋下一句：

「……很好啊。反正你們贏定了嘛，好好享受比賽吧。」

「你們也好好享受吧，反正你們輸定了。還有，不准再給我靠近三班！」

「唔…………」

「不管有沒有香澄，今年我們班一定會得優勝就是了！」

我擔心自己說得太過頭，一瞬間全身緊繃。不過琴乃冷冷地說了聲：「我要去跟老師檢舉你來妨礙我們唷。」清水就這樣跑走了。

我回過頭，全班突然大聲歡呼。

隨著清水消失在視野裡，香澄像是用盡力氣似的坐倒在地，同學們則將她團團包圍，紛紛誇獎她剛剛的表現有多麼帥氣。同時香澄也仍死命隱藏著那泫然欲泣的表情。

「米露菲，妳剛剛真是太帥了。」

琴乃同樣欣慰般地凝視著香澄。

「嗯，也謝謝琴乃。」

「……我沒做什麼啦。柏木同學才是呢，說得真好。你跟米露菲相遇以後，真的變了好多

呢。」

「那種事……的確是這樣沒錯啦！」

我像是要掩飾害羞地說著，把手放上琴乃的肩膀。

「…………要不改變反而比較困難吧。」

並非因為她是偶像。

而是因為她是香澄美瑠，才會那麼有魅力。

沒有留意到這些重點的我，傷了香澄的心。

「……我……」

「蓮同學借我一下！」

「嗄？」

我制服的袖子被拉了一下。

醒目的櫻花色在視線邊緣躍動。

「不跟我來的話就哭給你看喔。」

「……妳已經差不多快……」

「少囉唆……！」

香澄的臉蛋已然皺成一團。她用微弱的力氣拉著我，力量小得能夠輕易抽回袖子。

「要去哪裡？」

「……不知道！」

「什麼啦？」

不過，我很高興能再度看到香澄的眼中充滿堅定的意志，也很高興能再一次和她說話，於是決定任憑她擺布，讓她拉著我走一遭。

「琴乃——！幫我跟香澄把東西塞進教室的櫃子裡！」

聞言，琴乃喊道：「什麼！之後那些你打算怎麼收拾啦！」我忽略這番抱怨，繼續跟著香澄走。此時，香澄放開我的袖子，握緊我的手。

「…………你要是敢放開我的手，我會生氣喔。」

她往上瞄著我說道，一雙大眼睛裡早已盈滿淚水。

香澄像是在表達「絕不會再放開你了」，用顫抖的手與我十指交疊。

——要是沒被她這副模樣激發出保護欲，那才真的有問題。

我就這樣被香澄拉著離開學校，猛力跑了好一陣子，最後在一棟高聳的摩天大樓前停下。

「這裡是美瑠的家！」

「啥？」

香澄快步走過為高樓大廈所震懾的我身邊，進入大門玄關，把門禁卡靠上讀卡機，用習以為常的動作叫了電梯。

「……我說啊，妳真的一個人住在這裡？」

「當然嘍。別看美瑠這樣，以前可是頂尖偶像唷。」

意思是這點房租不過是小錢嗎？

而且她還理所當然地按了電梯裡最上層的按鈕。

像我這樣的平民，光是走進這裡就被震撼到了。

「順便問一下，來過這裡的人有……？」

「一個都沒有唷。你也應該知道吧，美瑠我沒有其他可以招待的朋友呀。因為是你，我才帶來的唷。」

這位前偶像，妳能不能不要每次說話都要這種小心機啊？

正當我對這種久違的感覺怦然心動之際，電梯已經抵達樓層了。

「往這邊。在這裡脫鞋，然後進來吧。」

「……打擾了。」

不對不對不對不對不對我超緊張的啊！

緊張得都要反胃的我脫了鞋，走向客廳。當我進入客廳，映入眼簾的是宛如極簡主義者的家，房間裡一點生活氣息都沒有。

空無一物得令人詫異，裡頭幾乎只有樣式單調的傢俱而已。

多虧這個毫無風雅可言的空間，我的緊張稍微緩解了些，但尚未冷靜下來就是了。我的目光到處游移，望見了一扇大窗戶與外頭的風景，剛好目睹夕陽沉入地平線的瞬間。

「這裡的風景也太漂亮了吧。」

「……咦？真的耶，好漂亮喔。」

「明明在這裡住了兩個月，但我都沒發現呢。」香澄呢喃著，隨即咔的一聲打開陽台的落地窗鎖。

「機會難得，我們在外面聊聊吧。」

我讓自己冷靜下來，應了聲：「說的也是。」然後借了一雙拖鞋走到陽台。摩天大樓與一般民家的陽台就是不一樣，是西式露台的造景，寬廣得不得了。

涼爽而不冷洌的晚風，輕拂我們的臉頰。

我在香澄催促下，坐到她隨興擺設的純白長椅上，沐浴著夕陽。

她之所以會找我來家裡，想必是為了單獨與我說話吧。

要開啟話題還是打鐵趁熱比較好。

「……那個……之前的事很抱歉。我不但擅自臆測，還講東講西的……」

「我才是，非常對不起。」

香澄毫不拖泥帶水地道歉，出乎意料的態度讓我相當訝異。

「現在已經沒辦法切斷關係的，是我才對。」

坐上沙發的她突然開口道。

「有關我的事，你是從冬華姊那邊聽到的吧？」

「…………」

「不是冬華姊主動坦白的唷，是我自己去問的。因為我覺得蓮同學應該會這麼做。」

我立刻雙手合十，低下頭說：

「抱歉。」

「抱歉什麼？」

「擅自探究妳的過去。」

「你也太老實了吧？我沒有生氣唷。反正美瑠的人生幾乎都寫在Sukipedia上了。」

香澄曖昧地笑著，把食指抵在我的嘴唇上。

「至於沒有寫在上面的部分，我就直接告訴你吧。」

咕！因為緊張，我的喉嚨發出了怪聲。

「你已經知道美瑠的頭髮被剪掉的事了吧？聽說在那之後，剪了美瑠頭髮的人整個人生都亂七八糟了。」

「…………咦？」

「仔細想想，這也是當然的吧。就算禁止新聞媒體傳出消息，就算只有經紀公司知道這起事件，但那依舊是美瑠最重要的賣點唷，所以聽說那個人被移送法辦了。」

搶在我回應她：「那是應該的吧。」之前，她繼續說著：

「然後我才知道對方似乎有妻子，以及剛出生的小寶寶呢。但那又怎樣？」

尖銳的言語，彷彿足以切斷空間。

「也就是說……」

好沉重。這個話題沉重到那之後的事情我一點也不想知道。

然而香澄一直保持笑容，卻猶如承受了一輩子份的傷痛般。

「因此他好像希望我能原諒他。但是公司並不打算放他一馬，於是他對外宣稱是香澄美瑠害慘了他的人生。不過我也只是聽到風聲而已，不知道哪些部分是真的。」

要是冬姊知道這些，想必會為了不讓香澄更加介意而隱瞞吧。

香澄做了個深呼吸，接著說：

「當然，周圍的人都維護著我。但事實上也因為這起事件，經紀公司不再繼續力捧冬華姊。

於是我開始思考『美瑠是不是不要當偶像比較好？』『是不是還有別人因為美瑠而毀了一生？』結果一想就停不下來了……然後……」

與嚴肅的口吻呈現對比，香澄面露柔和的笑容，就好像放棄了一樣。

「我就壞掉了。再也回不去……舞台上了。」

「…………」

「結果比起粉絲，我這個人更優先於自己的事情。明明得到了那麼多幫助……都得到幫助了，應該要帶給粉絲們歡笑才對。然而比起那些，我卻更害怕自己會被討厭。因此才會覺得作為一名偶像，我已經到極限了。」

此刻香澄明明近在咫尺，我卻覺得她離我好遠。

「就算有很多人喜歡米露菲，卻沒有人願意接納香澄美瑠。因為真正的美瑠，內在早已一塌糊塗。我總是跟周圍處不好，搞砸一切，被大家討厭……而我不過是藉由專注在偶像的工作上，刻意忽視那些罷了。」

「才沒有那種——」

「就是有。這次也是，要是沒有蓮同學在，我一定已經搞砸了。我果然還是不普通，所以才會傷害到大家。」

看似要繼續傾訴的香澄，表情扭曲了起來。

「……每次都是這樣。當我察覺到時，身邊已經沒有人了。」

她纖細而脆弱的肩膀微微顫抖著。

正因為有那些經歷，她才會想要變得普通，並且認為自己不能失敗吧。

拚命粉飾自己扭曲的部分，修補它，忍耐著。比起自己，她更願意為他人的痛楚著想。

「這樣的我根本不適合當偶像。再說，比起我這種人，還有更多想成為偶像的女孩嘛，完全沒必要非得是我啊。」

想必香澄一定比任何人都要溫柔，同時喜歡著他人吧。

就是這樣的她，才會讓我直到現在依舊憧憬不已。

真要說起來，起初我只是因為覺得自己將會有所改變。

我被她的光芒給吸引，開始憧憬她，想跟她成為朋友，並且希望進一步理解香澄這個女生。

但是香澄比我所憧憬的更加……

更加用盡全力熱衷於某事。她的情感更加纖細而豐富。

她比我所憧憬的更加體貼他人，總是將過錯攬在身上，忍受著一切。

即使如此，她仍鍥而不捨，專心一意地向前奔跑，然後再度受傷，比我所憧憬的更為耀眼。

在這樣的過程中，為何她一次也不願意認可自己呢？

香澄明明這麼厲害了。她距離我之遙遠，偶爾會讓我覺得自己追不上她的腳步，因而心生放

棄。

我不免想著——為什麼她本人總是要否定自己的一切呢？

我的心猶如沸騰的滾水，某種情緒不停地湧現，怎麼樣都止不住。

看來我現在似乎相當生氣的樣子。

「那妳的意思是不喜歡偶像這份工作嘍？成為偶像而粉飾自己，變成不普通的女生。妳現在後悔了嗎？」

「……才不是那樣呢！」

話語迸發而出，吶喊聲穿透了香澄的喉嚨。

「我怎麼可能後悔？怎麼可能覺得勉強？有人賭上了自己的生計，甚至還有人為我而活。所以無論多麼辛苦，無論變得多不普通，我也從未想過自己很不幸，一次也不曾覺得後悔！」

我總算放心了。這就是我所知道的，我所憧憬的，距離我遙遠得不得了的香澄。

「那妳保持這樣就好啦！」

別管其他的事了，現在就專注在我身上吧。

我以行動取代言語，用雙手捧住香澄的臉頰。

「或許香澄本來並不打算成為偶像，或許覺得自己在意志上略遜一籌。但妳也以自己的步調喜歡上大家了吧？愛上粉絲以及偶像這份工作了吧？」

若非如此，想必她也不會煩惱到這個程度才對。

「然而因為害怕繼續下去，妳才會辭去偶像的工作。但那也沒關係啊。既然妳現在是普通的女孩子，那就更開心一點，當個普通的女生。如果有一天妳想要回去那個世界，到時候再回去就好了嘛。」

香澄往上瞄向我，揮開我的手。

她站了起來，壓抑著哽咽的聲音喊道：

「……怎麼能做那種自私自利的……」

「一點都不自私。這是妳的人生，想要改變也沒什麼不好吧？」

「……咦？」

「雖然香澄確實是個偶像沒錯，不過偶像並非香澄的全部吧？」

沒錯，也就只是這樣罷了。

「一旦妳找到了自己想做的事，屆時我會成為妳的頭號粉絲！如果妳意志消沉，我會說出一百個妳的優點！不是成為某個身分的香澄，而是原原本本的妳的一百個優點！」

因為，無論是讓人熱衷到發狂的事物，抑或即便痛苦也要堅持的存在，這些以前我都不知道。

但是妳感化了我，讓我變成現在這樣。

「就算香澄再怎麼把自己說得一無是處，對我都沒有用啦！我知道妳是個厲害得不得了的傢伙！我很憧憬妳！所以說，直到妳認可自己為止，我會一直誇獎妳，絕不停下！」

啊，我的腦袋裡已經亂七八糟，不知道自己在說些什麼了啦！

「我是因為跟香澄在一起！才開始想要改變的！」

「……………」

香澄沒有回應我。

這段空白就這樣持續下去。她像是要倒下了一般，坐到長椅上低著頭。

我偷看香澄的臉，這才終於注意到——

「唔……嗚……」

她正靜靜地哭泣。

壓低著聲音。

那雙大眼睛中所累積的淚水，早已無法用潰堤一詞來形容。當眼淚流下，眼眶便隨即積滿淚水，又再次滿溢而出。

淚水沿著白皙的肌膚淌落。在即將融入地平線的夕陽餘暉中，那道淚痕顯得熠熠生輝。

「…………咦？」

對此，我什麼也做不到，只能望著她。

我從未想過她會哭出來。

因為無論發生什麼事，她都會噙住淚水，抿起嘴唇，死盯著前方，絕對不讓眼淚流下。

因為她總是強顏歡笑，即便遍體鱗傷也會再度站起，持續奮戰下去。

而我卻愚蠢地擅自認定香澄不會哭泣。

「…………」

櫻花色的髮絲慢慢染上夜色。我戰戰兢兢地舉起手，輕輕撫摸她的頭髮。

「……我不相信你的話。」

「咦？」

「現在就說給我聽，不然我不信！」

香澄稍微抬起了頭，抽泣著說道。

我一邊輕撫她啜泣抖動的背，不斷細數她的優點。

「……笑容很可愛。」

「那是當然的啊！」

「個性很真誠。」

「唔……嗯。」

「總是很拚命努力。」

「～～～！」

「既倔強又任性。」

「這不算……誇獎吧……！」

「這是誇獎啊，我喜歡香澄的這種性格。」

總覺得這樣說有點做作。

我笑了一下，試圖敷衍過去，結果香澄用力地扯著我的臉頰。

「喂，好痛！很痛耶！」

香澄無視我的抗議，用空著的那隻手擦拭眼淚，彷彿試圖忍住不哭一般，扭曲的臉就這樣笑了起來。

「……區區蓮同學，明明什麼也不懂卻還說這種話，害我注意到自己的心情……最討厭你了啦。」

「…………」

「……但你讓我意識到，自己以前有好好愛著粉絲們，以前能愛著他們。真的很謝謝你。」

即便有點扭曲，卻是至今為止我覺得最漂亮的笑容。

夕陽已經沉入地平線，天空逐漸陷入昏暗。

朦朧浮現的月光，充斥在香澄的眼眸中。

Side：香澄美瑠

起初，我很討厭偶像這個職業。

雖然舞蹈與歌唱都令人開心無比，但每當我越是沉迷越是盡興，能做到的事增加——我就越是孤單。

為了屏除這種心情，我更加投入在練習上，只想著如何讓自己更耀眼，好讓自己能不去在意周遭。回過神來時，我已經站在舞台的正中間，成了「不動C位米露菲」。

如今，我再也沒辦法聲稱自己「不是特別的女孩子」了。

只要出現一點小失敗，就會被斥責：「這不是米露菲該有的樣子。」

大家不需要香澄美瑠。為了站在這個位置，最重要的條件就是——必須是大家喜歡的模樣。

所以我不能出任何差錯。

這可不是能讓人撒嬌耍任性的場合。

畢竟，其實想要站在這個位置的人，比我還要殷切期望站上舞台的人，多如繁星。

所以我每天都拚命練習到半夜，日復一日，完全奉獻了自己的生活，簡直就跟機器沒兩樣。

因為我不知道到了明天，今天喜歡我的人是否還會一樣繼續喜歡我。

如果明天沒有人喜歡我，那我……那我就失去當偶像的意義了。

倘若連粉絲都不愛我，我就沒有資格站在這裡了。

無論是家人、朋友、學校、同期、興趣、喜愛與厭惡的事物——這些當時的我一個也沒有。

除了粉絲，我孑然一身。

所以我用層層防護，包裹自己的弱小與任性。

每當快要崩潰之際，就透過熬夜與努力來補強。

如此反覆之後，我徹底成了無敵的最強C位——「米露菲」。

當我站上舞台，望見會場中螢光棒的瞬間，我的眼眶泛出淚水。

啊，簡直就像是星空。

「「「米露菲——！」」」

即使空殼如我，也有人願意呼喊我的名字。

有人願意為我掏出錢財。

有人憧憬我，有人喜歡我。

我有了這些人——有了粉絲。

感覺即使有人做出喜歡我的宣言，也絕對不會遭受嘲笑。螢光棒的光芒讓我的視野朦朧，令

我不禁哽咽，心情上就像是第一次有人告訴我「妳可以活下去」一樣。

我這才終於注意到，自己並非孤單一人。

——若是為了這片景色，我願意獻上生命。

這是我有生以來首度被某人所期待。於是我決定將自己空空如也的人生全都獻給他們。儘管犧牲了自己的全部，卻讓我幸福洋溢。

因為有著大家的支持，我今天也能保持笑容，也能作為米露菲活著。

偶像這種工作，開心的就只有站上舞台的那個瞬間而已。

既辛勞且黑暗，冰冷至極。

沒有一頓飯能吃十分飽，舞蹈訓練時總是頭昏眼花。一旦走出房間便沒有一刻能夠鬆懈。腦筋總是一片空白，什麼都無法思考。

但我無法停下腳步。因為無論要犧牲什麼，我都想維持米露菲的身分。

「謝謝大家這麼愛我！」

對了……我全都想起來了。

「謝謝大家讓我成為米露菲！」

在畢業演唱會上拚命大喊的，毫無疑問是我自己。

當時的心情絕非謊言。

直到現在，只要回憶當下，我依舊會泛出眼淚。
『因為有米露菲，我才決定活下去！』
『我從米露菲的影片得到了鼓勵，所以決定接受手術。我最喜歡妳了。』
『全世界我最愛的就是妳了，謝謝妳成為我的偶像。』
想必是多虧了這些粉絲吧。
讓我打從心底喜歡粉絲們，最喜歡了，喜歡得不得了！

「……為……什麼？」
為什麼要讓我想起這些往事呢？
『就算香澄再怎麼把自己說得一無是處，對我都沒有用啦！我知道妳是個厲害得不得了的傢伙！我很憧憬妳！所以說，直到妳認可自己為止，我會一直誇獎妳，絕不停下！』
眼淚取代言語，回應了這番話。
第一次如此被人重視的我，不曉得該怎麼回覆。
我一直都很清楚。
要是維持香澄美瑠的身分，任誰都不會喜歡我這種人。
我成為米露菲，心機地武裝自己，用砂糖糖衣把自己包裹得甜美動人，這才好不容易有人願

意愛我。

明明這樣就夠了。然而當堆疊的防護紛紛碎裂，我卻仍如此受到重視，實在讓人承受不了。

比起被惡毒的言語謾罵，這樣的待遇似乎更加、更加瓦解了我心中某個重要的存在。

我的腦中一陣混亂——不安、欣喜、想哭等心情，全都交織在一塊。

「蓮同學，為什麼？」

回過神來，我的心情已然化為言語，不小心脫口而出。

「妳是指什麼？」

我一心想著：「要矇混過去才行。」

於是絞盡腦汁擠出回答：

「為什麼……你會這麼溫柔呢？」

「那是因為……我們不是朋友嗎？」

「朋友……」

這樣啊。對我來說如此特別，光是想到就讓我揪心的你——只是朋友……嗎？

為什麼我的胸口會如此疼痛呢？那個回答，我很早以前就知道了。

「…………我……」

光是蓮同學在我身邊，就令我難以深深吸氣。

只要蓮同學對我微笑，就會使我的內心湧出真切的欣喜，卻又感到同等痛苦。

看到眾人圍著他，望著他面對大家說話的模樣，讓我深感驕傲，卻更讓我難過。

聽到他對我說：「沒問題。」就會讓我想要哭出來。

他並非專屬於我，就只是這樣而已，卻令我莫名心酸。

「原來……如此……」

在這個當下，我不小心注意到……

——自己已經喜歡上蓮同學了。

我喜歡上他，喜歡得不得了。

這份心意遠遠超越了對粉絲，或是對重要的人的情感。

想要抱緊他，親吻他，想要不顧形象地對他撒嬌。

明明已經不是偶像，這份心意卻讓我仍如此懼怕被他討厭，才會覺得如此痛苦，奢望自己能被他所愛。

蓮同學絲毫沒有注意到我的心情，甚至擔心自己是不是對我太套近乎了。他就是這樣的傢伙，卻令我深深憐愛。

我的視線落到右手的掌心上。

「我現在可以任性一下嗎？」

「可以是可以啦。」

「我或許無法忍受只是朋友嘍。」

我拉起蓮同學的右手腕，這麼說著。

旋即啾的一聲，往他的手腕吸了上去。

我決定了，絕對絕對要把你變成我的。

接下來一定要讓你專屬於我！

「喂妳在做……什……咦？」

「櫻花呀，這樣就跟我的是一對了。每次看到這個都要想起我唷。」

「就算不這樣做，我也……」

蓮同學的手腕上，淡淡地綻放著一朵粉色花朵。

「不不不。要是沒有做個約定的記號，結果被你給忘了，我會很難過唷。」

「……妳們偶像的交流方式，真的讓人心臟很難受啦。」

偶像也不會做出這種大膽的行為唷，這只會對你做就是了。

我把話嚥了回去，咧嘴對他一笑。

「差不多要變冷了，進屋內吧。」

「……在那之前還有一件事，你願意聽嗎？」

「是可以啦。」

我挽留了站起身的蓮同學。

沒錯，我還有一件事必須跟他說清楚才行。

「……我呀，其實大概不是想當個普通女生，而是想當『我』自己。」

我左思右想了很久。

當不了普通的女生，當偶像也是個半吊子，這樣的我還能成為什麼呢？

但其實並非這麼一回事。

我想傾聽自己──至今為止都強硬地忽視，因而變得聽不見的──真正的聲音。

不是作為偶像繼續走下去的「米露菲」，也不是無法變普通而處處需要別人袒護的「香澄」，我想成為的是至今為止被自身所扼殺的，真正的「我」才對。

我不打算繼續偽裝自己、忍耐一切，不打算再犧牲自己的所有了。

我想要試著做自己，並且被某人所愛。

「我想更愛惜自己，想成為自己也能夠喜歡上的『我』。」

我要改變，改變給你看。

畢竟，我已經不當「米露菲（偶像）」了嘛。

我想，應該會有人嘲笑我「都已經高中二年級，還在許這種願望」吧。

但是蓮同學絲毫沒有小瞧我，用真摯的表情開口道：

「很好啊，這樣比起普通的女生更像香澄多了。」

「……沒錯吧？」

就是這種回答，我才會喜歡上你呀。

「那麼，共同戰線的主旨要更新了呢。」

「嗯，請多指教。」

啊，只有這樣的話，果然一點也滿足不了我。

剝除身上的保護層以後，真正的我可是既詭異又麻煩，一個任性的女生唷。

望著蓮同學點頭的模樣，我不禁脫口而出。

我伸出右手，示意他跟我握手。

「我會讓你看到更多你至今未曾看過的景色，會把『我』的人生全部都給你！」

我吸了一口氣，擺出我最燦爛的笑容說道：

「所以蓮同學，你『今後的人生』也全都給我吧！」

「唔……好啦！」

蓮同學說道，比第一次約定時更加使勁，確實地握緊了我的手。

但光是這樣依舊完全不夠。

我憑著衝勁，一把抱住蓮同學的身體。

「唔～～～嗯！」

傳達過去吧，我的心意。全都傳達給這個男生吧。

然而蓮同學並未以手臂環抱我。

唉——你的這種個性我也很喜歡就是了。

「……香澄？」

「一旦美瑠抱緊你，你就要抱緊回來呀。這是常識唷。」

「哪個世界的常識啦？」

「我的常識，專屬於我的常識。你以後可要謹記在心唷。」

「之後還來啊？」

當然嘍。

蓮同學露出驚呆的表情，看著一臉壞笑的我，喃喃說道：

「……妳好任性。」

「的確如此？」

我還會變得更加更加地任性，這可是你的錯呢。

我放開蓮同學，直勾勾地盯著他的眼睛。

「那個……真的謝謝你幫了我這麼多……最——」

原本我想接著說的是：「最喜歡你了。」卻收回了這句話。

總覺得「喜歡」其實是一種離我最為遙遠的情愫。

因為那太痛苦了。被某人囚禁心靈，或是認定某人對自己來說很特別——這些都很痛苦。

反正沒人會喜歡真正的我，那麼我也沒必要去喜歡任何人。我是這麼想的。我明明一直都這麼想……但是現在到底該怎麼辦？我的心好像失控似的，噗通噗通地狂跳。

我的腦袋一陣暈眩，想到自己的這份心意要是被否定，那乾脆死一死算了。

「沒事啦！……感覺變冷了，差不多該進屋內嘍！」

我摸了摸自己突然間熱得發燙的臉頰。

——我以前都不曉得。

原來越是面對喜歡的人，要傳達自己的愛意就會越令人畏怯。

Side：柏木蓮

香澄喃喃地說了句：「好久沒有哭了，哭完就餓了呢。」

以此為由，我問她：「不然一起吃個晚餐如何？」

可是香澄說她家的冰箱裡什麼都沒有，所以我們就打電話叫了外送服務。到這裡都還沒問題……

「蓮同學，你吃得下多少？」

「什麼？」

「就是晚餐呀。美瑠剛剛有點興奮，不小心點太多了。」

我對她的說詞略感不安，於是請她把訂單給我看，此時傳來一聲「叮咚」。響起了通知有訪客到來的鈴聲。

「來了～請放在門前就好～！」

香澄透過對講機，以開朗的聲音告知對方。而我則勉為其難地站起身，去門口取餐。

「妳已經跟外送員說過了吧？我可以開門了嗎？」

「請吧請吧。」

取得香澄的許可後，我便把門打開——只見料理在走廊上一字排開，根本是我們兩個人吃不完的量。

從左至右分別是中華料理、日本料理、西洋料理、韓國料理以及甜點，種類應有盡有。

這是怎樣？這已經不是「有點興奮而不小心點太多」的問題了吧！

「啊，一個人大概拿不動。美瑠也來幫忙唷～」

「……香澄啊，這些真的是我們兩個要吃的嗎？」

「是滴。」

別一臉得意地比出V字手勢啦。

「話說妳吃這麼多沒問題嗎？平常不是有在控制飲食嗎？」

「今天沒關係！雖然我平常會節制不吃巧克力之類的甜食，相對地卻也允許自己每兩週能有一天盡情吃喜歡的東西，也就是所謂的『放縱日』。你沒聽過嗎？」

「啊，好像是偶爾要大吃一頓，防止基礎代謝率下降……是這樣吧？」

「沒錯沒錯。所以今天就是我可以吃飽飽的日子唷～！」

香澄開心地說道，笑著開始把料理運進客廳，我也跟著她把晚餐拿進屋內。

儘管直到剛才心中都充滿了不安，不過冷靜下來一看，那些全是一流名店的菜色，賣相讓人食指大動。

「那麼就開飯啦，我要開動嘍～」

「嗯，我也開動了。」

儘管我們宣告開動，香澄卻一直盯著我，遲遲不動筷子。

「……怎麼了？」

「啊，沒事。這還是第一次有人在家裡跟我一起吃飯呢。」

香澄心有所想似的接著說：

「…………所以我很高興。」

天啊，真是可愛的小動物。

「……沒什麼大不了的啦。如果妳不介意，我下次還會再來吃飯的。」

「！……如果是這樣，美瑠會把推薦的外送料理全都點過一輪的。」

「理所當然地叫外賣喔？」

請別立刻訴諸財力好嗎？不對，她有好好吃飯就已經很棒了。在班上吃午餐的時候，直到被我念了為止，她都只吃營養補充品跟果凍而已。

「因為美瑠根本不會做飯嘛……不過蓮同學無論如何都想吃的話，我可以特別為你下廚唷。」

「不了不了不了，我吃這些美味的外賣撐一下就好。」

「為什麼要撐啦？笨蛋…………謝謝你。」

「謝什麼？啊，這個唐揚雞好吃耶。」

「憑什麼比我先吃起來了！那個明明有更好吃的吃法耶！」

香澄一臉震驚，卻也真切地笑了。

話說回來，住在經紀公司的宿舍之際我還能理解，但她就連回到家也聽不到一聲「我要開動了」嗎？

「哼哼哼！這道黃金麻婆豆腐可是不預約就吃不到的限定菜單……」

「感謝，我要吃嘍。」

「啊——？誰說你可以吃的啦！」

「唔哇！超好吃！」

「那是當然的啊！嗚嗚嗚！蓮同學是大笨蛋！」

她的那些往事，以後再慢慢聽她說就好了。

季節還在六月。文化祭才要展開。直到下次分班為止，還有很多時間呢。

料理比我想像的還要好吃，同時香澄也比我以為的還要會吃。基於以上理由，這些乍看大概有五人份的料理，就這樣被我們兩人一掃而空。

我們的吃相看起來都快要可以去參加大胃王比賽了。

「肚子飽到不行了啦。」

「就是啊。那我們之後要做什麼好呢？」

「……這之後？」

「…………沒事。請當我沒說。」

還在想我們是不是有約好要做些什麼。結果反問香澄以後，她的臉頰卻慢慢地紅了起來，害羞地如此回應道。

這之後……這之後？

我認真地思考了一輪，還真的不記得我們有做過約定。

「抱歉，可以借一下洗手間嗎？吃雞翅的時候把手弄髒了。」

「哦，嗯，請吧～走廊右側的門就是了。」

「好的，謝啦。」

我邁步前往走廊，順便爭取一下回想的時間（同時也真的想洗個手）。

結果發現這裡真的是高級的摩天大樓。

只見走廊的右側共有三道門，不知道哪扇才會通往正確答案。

「香澄，右邊的哪個門才對？」

…………沒有回答。她是不是在幫我收拾呀？

為了這種問題而特別回去打擾她收拾，感覺有些過意不去。

好吧，這裡就仰仗直覺，選擇離我最近的門……！

「我還是帶個路好……欸，等等！」

「嗄？」

「！就說～～啊啊啊啊！」

慌慌張張跑到走廊的香澄，看著已經把門打開的我。語不成聲的她跪坐在走廊上。

「……我、我才正想跟你說，那裡不能進去啦……」

「呃，抱歉。因為妳沒有回答，我一不小心就……話說有必要那麼沮喪嗎？」

鍵盤與滑鼠在昏暗的房間閃爍著微弱的燈光。牆上的平板燈，僅僅照亮了書桌上存在感十足的個人電腦四周。

燈光的顏色統一用了與香澄的頭髮很像的櫻花色，有點像霓虹燈。

擺在牆邊的，則是數不清的遊戲軟體。

我搞錯而打開的房間，就是所謂的「電競房」。

「因為我不想被人知道嘛……」

另一面牆上掛著家庭劇院等級的超大顯示器，同時貼滿了遊戲角色的海報，滿得看不到牆面原本的顏色。

這個房間的可愛要素只剩下放在桌上的貓耳造型耳機。桌邊拉滿黑色的線材，以及格鬥遊戲的公仔，整個桌面只有那副耳機大放異彩。

我環視整間房間，呼了口氣。

再怎麼沉迷遊戲，一般來說也不會變成這麼狂熱的房間才對。

起初看到客廳之際，我還想著：「那個香澄的家，居然也跟我們一樣普通嗎？」有種奇怪的感覺，現在看到這個房間反而讓我很高興。

「這個房間酷斃了啊！我都想住在這裡了！」

「唔～所、以、說！為什麼蓮同學要這麼善良啦！」

「妳有個能沉迷到這個程度的嗜好，實在超讓我羨慕的耶！況且這個房間這麼厲害，妳就算多多炫耀也沒關係吧。」

如果是我，就會一週找朋友來玩五次，好好炫耀一番……不對，倘若講究到這個地步，幾乎跟聖域沒兩樣了吧，或許會不想讓任何人進入也說不定。

「對喔，你就是這種人嘛……」

調整好呼吸的香澄說道。啪的一聲，她打開了電競房的電燈。

然後面無表情地望向我。

「美瑠可是個遊戲狂唷。一旦沒有這個空間，我就活不下去了。bpex的排位打到鑽石了，而且我沒有朋友，所以一直都是獨行玩家呢。如何？對我幻滅了嗎？」

「沒啊。只是單純覺得很羨慕妳而已。」

在偶像職業上自我實現，還能一股腦地投入在興趣裡，真是理想的人生啊。

分一點給我就好，拜託。

「……唉～真是的。你乾脆直接搬到這裡來住好了啦…………然後我就會變得更喜歡……這樣也很困擾呢。」

「…………什麼？」

「沒事。我只是在想自己選錯人組共同戰線了而已。」

然而香澄看起來卻似乎很高興，徑直走進電競房。

「沒有比我更適合的人了吧。您這話真讓人難過啊～～！」

「還能說這種話的人根本就不難過吧。我只有說選錯人了，但是沒有說討厭你呀。不如說，我很慶幸選到蓮同學呢。」

「……是喔？」

香澄就是會說這種話，果然很狡猾。

趕在自己誤會她的想法之前，我轉換了話題。

不過我和香澄待在一起這麼久，已經不太會誤會她的說法就是了。

「那個……妳剛剛說了『這之後』，該不會是打算找我一起玩遊戲吧？」

這麼說起來，方才的「這之後」莫非是因為同學來到家裡而情緒高昂，根本沒有預料到我會回家吧？

如果只是要吃頓晚餐，不用特別叫外送，只要出去吃就好了呀。

我偷看香澄的臉，發現她的臉蛋通紅得就像煮熟的章魚。

該不會↓說中了。

「〜我不是都說『當我沒說』了嗎！……對啦！我就是打算假裝自己是輕玩家，介紹摩利歐賽車給你玩啦！怎樣？不高興嗎？」

「我可沒說不高興喔。要玩的話就來玩bpex吧。我超弱，所以超需要有人罩我的。」

「…………真拿你沒辦法呢〜那美瑠我就死命罩你吧。」

儘管香澄想佯裝不情願，卻只裝了一半，露出滿臉的笑容說道。

在那之後，我們玩了整整兩小時的遊戲才解散。

「啊——！護盾快破了快破了！現在要壓上去啦！他們是白痴嗎？」

「香澄，妳好吵。」

「沒辦法嘛！現在真的是大好機會——包圍他們！吼〜〜爛爆了，狙擊手根本垃圾！去給我練一輩子打靶啦！」

「嘴巴好壞。現在明明沒有開語音，除了我之外的隊友都聽不到，妳怎麼還有辦法吼成這樣？」

先說結論——香澄是只要握上滑鼠，性格就會大變的那種人。

一直吼的話，喉嚨會啞掉唷。

「贏啦！蓮同學讚！興趣曝光之後我還以為自己要往生了，不過邊講話邊玩遊戲真的超開心耶！我一直都把語音關掉避免暴露身分，所以今天是第一次這樣玩呢！」

然而比起「像個偶像」，總是笑臉迎人的香澄，偶爾口吐暴言的這個模樣遠像個「普通的女孩子」多了。

「我現在幸福到會怕耶。」

「別說那種好像剛交往的情侶在說的台詞啦……不過我也很開心就是了。」

儘管價值觀有著相當的落差，但在文化祭上的電影創作中，我們依然是很合得來的共同戰線搭擋。

「太好了。呵呵，我們情投意合呢。」

「意思不太一樣吧。」

「怎麼會！」

我不經意地確認自己放鬆的臉頰。

才注意到自己此刻的表情，笑得十分開懷。

六月上旬。預計於文化祭上映的電影正如火如荼地拍攝中。

為了趕上六月底的文化祭，我們召集有空的同學，只要該幕的演員到齊，就從那一幕開始拍攝。但進度比想像中的還要不順利。

琴乃撰寫的劇本「同班同學」，是以現實中存在的班級「二年三班」為故事舞台所創作的日常推理作品。

因此有一幕場景，大部分的同學都要入鏡飾演自己。

然而由於社團活動及其他因素，放學後總是很難找到能夠湊齊大家的時間。

這導致我們無論如何都必須讓大家犧牲幾天的假日。儘管因為是香澄擔任召集人，參加率並不低，可是眾人都有各自的行程，所以總是難以順利集合全員。

能想辦法處理的場景，我就會拜託琴乃設法變更劇本。但是——

「你再繼續要我改劇本的話我會哭喔。柏木同學，你根本是魔鬼導演！」

我被她罵了一頓，劇本差不多已經修改到極限了。

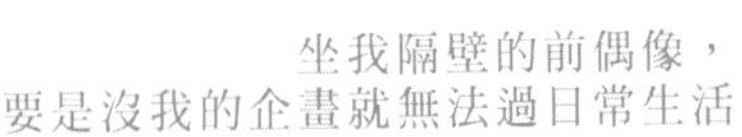

於是乎，我與香澄在這星期的假日，依舊耐心地等待同學們集合，順便先趕剪輯影片的進度。目前的方針就是這樣了。

不過再怎麼調整，依舊會有些時間無事可做。

「蓮同學，來玩鬼抓人吧。」

起初香澄還抬頭望著天空發呆，但是她好像看膩了。

「都這個年紀了？」

「都這個年紀了。」

表情嚴肅。看來她下定決心了。

「剛剛我去百圓商店買小道具的材料時，順便把水槍買回來了。規則是被射到就出局唷！」

「準備得也太齊全了吧！」

我原本想拒絕她，但是稍早已經拍完上午的進度，大家也都回去了。現在留在學校的，只有身為文化祭委員的我與香澄，以及正在幫我們修改劇本的琴乃而已。

「琴乃～～香澄現在要用水槍玩鬼抓人，妳要玩嗎？」

「那是什麼？不對，我也要玩！天氣又悶又熱，我快死掉了。如果能忘記修改劇本這個現實……」

「妳的眼神都死了，簡直像具活屍。」

「你以為是誰的錯呀？」

「我的。」

「這、這樣講反而更討人厭……！既然如此，我就用水槍把你打得落花流水。等著變成落湯雞吧！」

琴乃在這種時候，會變得有點笨拙。

既然現在沒有拒絕的理由，我隨即對香澄豎起大拇指。她一看到我的信號便說了聲：「遵命！」高興地衝去把水槍裝滿水。

堂堂前偶像，以及被譽為「高嶺之花」的班長，兩人居然因為百圓商店的水槍就高興成這副德性，到底是怎樣啊？雖然這樣講有點沒口德，但是要取悅她們也太簡單了。

「準備好嘍！來開戰吧！」

不過也正因她們是這種性格，才會願意跟我交好就是了。

「琴乃～！我不會輸給妳的！」

「我也是。別看我這樣，玩鬼抓人可是出奇厲害唷！」

「呵呵哼！妳也別看美瑠這樣，可是有在練鬼抓人的。況且這支水槍的容量是雙倍！」

「妳、妳算計我們！雖然我說自己很厲害，但妳也太沒良心了吧！」

「勝敗的世界是沒在談良心的！」

隨即開戰的她們用水槍互射對方，讓我一飽眼福。我站起身朝她們走去。

「來啊，我可是雙手持槍哦，妳們打得贏嗎……？」

「以量取勝也太卑鄙了！我沒帶衣服來換，要是濕掉怎麼辦！」

「大家的條件都一樣唷！琴乃！」

「沒錯，香澄說得太對了，勝敗的世界是沒在談良心的。」

「文化祭委員小組的決勝台詞也太奇怪了吧？呀！等等！只瞄準我一個太卑鄙了啦——！」

好開心，從未聽過的哀號就是讚。這個機會實屬難得，不好好享受一番就太可惜了不是嗎！

——順帶一提，下午來參加水槍鬼抓人的同學把我們的樣子拍了下來，這張照片後來被傳到班上的群組裡，導致假日的電影拍攝參加率一鼓作氣暴增。算是誤打誤撞的成果吧。

星期一。當我在學校的鞋櫃前換室內鞋時，有人從我的背後輕輕拍了兩下。

「早安，柏木同學。」

她柔順的頭髮綁成馬尾左右搖擺，光看就覺得涼快了不少——是琴乃。

「喔，早啊。妳今天也是一大早就那麼有禮貌呀……」

「呵呵。星期六也能跟米露菲見面，簡直是獎賞中的獎賞。尤其是跟米露菲玩水槍鬼抓人的回憶，我想我到死都不會忘記的！」

「妳真的在她本人面前隱藏得好好的耶。好驚人的毅力。」

「那當然。我們只要成為陰影裡的存在就好了。」

我們是誰？這裡說我就夠了吧。

在我面前宅力滿點的琴乃，在香澄本人面前居然絲毫沒露出馬腳，實在太強了。

距離文化祭剩不到幾天，多虧全班同學的幫忙，攝影順利進行，剩下的橋段就只有香澄要登場的那幕了。

我們班的電影「同班同學」是一部日常推理類型的作品，故事從主角收到了一封信開始。主角將與班上的同學一邊討論，一邊解決教室中發生的小謎團。犯人既是從這所學校畢業的學長也是教師，他有個以前因為疾病逝去的同學。

過世的同學是老師在推理研究會的夥伴。而老師找到了朋友留在社團辦公室的謎題，成了他的犯案動機。畢竟讓這個謎題被埋沒掉實在太可惜了。

香澄所飾演的，是那位往生同學的親戚女兒。她會把最後一個線索的關鍵交託給主角。儘管只有一幕，卻十分重要。

「今天就要來拍米露菲的最後一幕了。我在這幕傾注了最多心血，超級期待的！」

琴乃會這麼興奮躁動並非沒有理由。儘管這一幕的場景很單純，但她安排了能讓香澄備受矚

目的劇本。

記得當初拿到劇本之際，看到那一幕上寫著密密麻麻的說明，讓我不禁爆笑出聲。

「的確只有那一幕的註釋數量多到不行。」

「又沒關係，反正能讓全班推崇的偶像發光就好了。別說職權，要我濫用什麼都行。」

或許是心理作用造成的吧，我總覺得琴乃露出了堅定的神情。

從她自願負責劇本的那一刻開始，她可能就已經盤算好了。

…………為全班一起支持的偶像傾注了那麼多心力。

我跟冬姊是青梅竹馬這件事情要是被她給知道……到時候的反應我越想越害怕。

「有事情來拜託我？……這樣啊，是為了叔叔的事嗎？進來吧。」

放學後，終於開始拍攝香澄出場的那一幕。

教室的氣氛驟變。眾人的視線、好奇、一切的感官都聚焦在她身上。

彷彿除了香澄的身邊以外，所有人都因為時間暫停而動彈不得。

「…………蓮同學，還沒要喊卡嗎？」

「咦？啊，卡！」

一如以往的香澄嗓音，讓時間好不容易再次流動。

「哇，演得太好了。有夠厲害，真的有夠厲害。」

「呵呵，蓮同學也太詞窮了吧。但是我很高興！」

香澄朝我這裡比了個V字。

方才那猶如冰山美人的成熟形象，就像是騙人的一樣。

「啊，你剛剛露出有點遺憾的表情了吧！這樣啊～原來你那麼喜歡酷酷的大姊姊呀～……」

「沒有沒有才沒有，我根本沒那樣說。」

「你的眼神已經道出一切了。琴乃，請定奪。」

「有罪。」

「對吧對吧。」

「什麼時候開庭的？」

法官大人，這是冤罪呀！

「接著就是讀出叔叔留下的信，然後把已經廢除的推理研究會舊社辦鑰匙交給主角。這個場景要在和式的氛圍拍，所以我們去借茶道教室吧。」

「咦？借得到嗎？」

「嗯，琴乃已經幫我們說服茶道社了。」

果然交涉拍攝地點還是要讓形象良好的人負責。各取所長嘛。

「那轉移陣地吧。因為美瑠是天才，馬上就會得到蓮導演的ＯＫ的。」

「這還真是幫了大忙。各位，今天就各自解散吧〜」

大家零零落落地應聲後解散，只有琴乃說了聲：「我也一起去。」理所當然地跟了上來。看來她真的不想錯過香澄的演技。

「卡！一次就拍好了耶。」

即使在茶道社，香澄也是三兩下就順利地完成攝影。茶道社的同學們還因為我們提早結束，順便請我們喝了一杯抹茶。

但這之後才是問題，香澄真的擁有天才般的演技。

——她的才能，是一種暴力。

冬姊說過的話突然在腦海中迴盪。

以我的實力，跟不上她的才能。

凌晨一點。我在電腦前一邊確認螢幕，一邊嘟囔著。

「……啊——這裡是不是拉近一點比較好啊？不對，這裡的場景和構圖應該不差呀。香澄本身的存在太搶眼了…………」

香澄是個現實中難得一見的美少女，這件事毋庸置疑。

如果只是美少女上鏡頭，還可以當成「不過是一位格外漂亮的關鍵人物登場」作收。但是她連演技都好得沒話說，真的會讓人眼裡都只有香澄。

她的那幾幕比預期的還要早拍完，我耗費了週末的假日剪輯並審視完整部電影，然而香澄展現的戲劇張力太強了。

照現在的編輯方式，故事本身將會被忽略，大家都會把注意力放在香澄身上，同時也會模糊主角的存在。所幸香澄的戲份很少。但是反過來說，這也讓她更加突出，真的能算是「所幸」嗎？

「照這樣下去應該不行吧……」

陷入瓶頸的我，原本打算打電話給——這個時間一定還醒著的——琴乃討論，最終卻作罷了。我想再靠自己的力量努力試試看。

「加油吧………！」

被睡意籠罩的我重新振奮精神，有種腎上腺素激增的感覺。

——儘管如此，現實中的時間依舊一去不復返。

在這種時候到底該怎麼辦？身為電影導演初學者的我百思不得其解。

香澄的言行舉止，一舉手一投足都是那麼地唯美、纖細、夢幻，靠我臨陣磨槍的技術只會被她給吞噬而已。就像初次見到她時，我只能遭到那春日的暴風席捲。而那個畫面並沒有任何導演的意志在裡面。

我什麼點子都想不出來就墮入夢中。然而在夢裡，暴風依舊追趕著我。

現在的我實力不足，憑精力維持的熱誠正一點一滴地流失。

雙腳就像陷入深深積雪的道路，肌肉慢慢地凍僵、麻痺，失去知覺。

「……太難了吧。」

文化祭的日子步步進逼，只剩一週了。

解決方法倒也並非沒有，這是我耗費數不清的時間所想出來的方法——大膽地刪減香澄的鏡頭。

改成在電影最開始的一幕讓她登場，然後只出現在尾聲帶出故事結論的編排。

但是電影的剪輯已經完成八成了，若要這樣編排，勢必得重新剪輯才行。

不曉得現在開始重來的話來不來得及，也不曉得這樣是否正確。

我只知道按照現在的方法絕對不行。

我持續苦惱了一整天，終究還是躺到床上仰望天花板，完全無從下手，於是索性拿起手機，看一些我沒什麼興趣的影片，讓時間流逝。

接著，我的腦中忽然冒出了一個想法。

——乾脆這樣就好了吧？

即使再怎麼拚命努力，再怎麼消磨心力與時間，這已經是我的極限了。

就算直接上映，作為我的處女作來說也不算糟糕才對。

香澄應該也不會批評我吧。

但是令人不甘心的事就是會不甘心。儘管有什麼好不甘心的我也不曉得，總之無法付諸行動。

在我東想西想又抱頭苦思之際，手機冷不防地響起來了。

我想著：「反正大概是田所無聊打來的吧。」所以沒有確認畫面就接起電話。

「…………喂？」

『喂～我是美瑠。』

她的一句話讓我從床上跳了起來。

「這個時間打來是怎樣？」

『什麼「是怎樣」？因為蓮同學說過今天會把完成版的電影寄來，可是我都沒收到來信，才會打給你呀。』

「……啊。」

對喔。全身冒出了討人厭的冷汗。

我的確說過：「文化祭前一週差不多就會完成了，到時候會寄給妳。」

「知道了，我現在寄……」

下了床的我走向書桌，關掉原本開著的剪輯軟體。

隨即停止操作電腦。

『……？怎麼了嗎？』

要是現在把這份檔案寄給香澄，便等於我真的妥協了。

一旦意識到這點，我就無法移動游標，按下送信按鈕。

我已經受了夠多的傷，努力過，熱衷過，充分享受過了。

現在停手的話，便能以一個開心的文化祭回憶作收。

所以我……然而……說是這樣說……

「那個……現在方便見妳一面嗎？」

我的口中，吐出了懦弱的言語。

晚上七點的公園，有種與平常不同的寧靜氛圍。

香澄穿著休閒風的Ｔ恤——似乎是居家服——坐在長椅上等著我。

「抱歉，讓妳久等了。」

「沒關係。我只是因為搭計程車，比較早到而已，沒有等很久唷。所以呢？是什麼事情？」

香澄朝我問道。

我把視線從她身上瞥開，努力擠出了自己不想正視的心情，打算立刻進入話題。

「那個啊……我……那個……其實很認真地在製作電影。」

「嗯。」

「起初只是想著有個樣子就滿足了。但現在我不想安於這點，希望能做出最棒的傑作，所以一直在想到底該怎麼辦才好。」

香澄面露柔和的微笑點點頭，嗤嗤笑了。

「你就算不用那麼慎重地跟我說，我也早就知道了呀。因為蓮同學上課時一直都好像很想睡，晃來晃去的嘛。」

多虧她的反應，我總算稍微冷靜了下來。

我使勁驅策自己說下去：

「……但是這讓我很害怕。一想到我認真做出來的東西要是失敗，晚上都睡不著了。每天晚上，我都會夢到自己糟蹋了全班的努力，被大家臭罵的場面。」

我很害怕被人說：「你的努力是假的。」很怕自己因此陷入絕望。

即便拚盡全力努力，真正地喜歡到停不下來，注入了所有熱情，依舊可能無法達成目標。

「明明那麼認真地尋找目標，然而一旦真的找到，我卻連承認自己熱衷都不敢。我不希望讓人覺得『你努力的成果才這點程度？』不想讓人失望，更不願對自己失望……」

沒錯，虛榮心作祟的我總是無法果敢接受，也無法果斷放下。

「儘管如此……一直……」

我心中的火焰還有餘燼，尚未熄滅。

我凝視著鏡頭的時間、說著已經不能再砍劇情的琴乃的時間、閱讀劇本的香澄的時間、剪輯並完善影片的時間——它們化作一道聲音……

「一直有個聲音對我說『還能再堅持下去』，吵得不得了。」

在內心的某處，我對自己說：「再繼續受傷下去，可能也不會有任何改變。」

那道聲音卻更加喋喋不休地告訴我：「絕對不能放棄。」

我往長椅一拳敲下，發洩自己的煩躁感。

香澄看著我，輕輕笑著說：

「……欸，蓮同學，你還想敷衍自己到什麼時候呢？」

「…………咦？」

「你不是有結論了嗎？想再堅持一下吧？那就去做呀。你可以只專注在眼前的事情就好。我不是跟你說過了嗎？」

香澄繼續說著：

「別人的閒言閒語或是別人的認同——那些一點都不重要。」

「但這部電影不是我一個人的，而是全班一起……」

「為什麼你總是優先顧慮周遭的看法呢？現在這裡只有我跟蓮同學而已吧。」

我的腦海裡響起了一聲「咔」。

「反過來說，要是有個人對蓮同學說：『你別再努力了。』你放棄得了嗎？如果現在我對你說：『既然都到了極限，這樣就夠了。』你就滿足了嗎？」

咔！咔——場記板的敲擊聲在某處迴盪。

「你一個人沒辦法放棄，才會找我來的，對吧？」

「光憑那些藉口根本阻止不了人，畢竟都已經找到了嘛。都已經知道那是最開心的了，當然對。我想要一直看著那片——透過鏡頭所眺望到的——景色。停不下來啦。人一旦尋覓到熱情就停不下腳步了。」

她陶醉地笑著說。

「碰壁了就跨越它；想做就去做——就是這樣而已唷。」

香澄熄滅了自己眼中充滿熱能的火炬，悄聲說道：

「畢竟不努力也能活下去的理由，要多少就找得到多少……」

「可是你無論如何都想要一個理由讓自己停下腳步的話，我不會阻止你。」

這並非她的溫柔，而是勸告。

「你想要我對你說『已經夠了』嗎？想跟我撒嬌嗎？要是那麼不想受傷就停止前進吧。我不會對你失望的。」

香澄輕快地站起身來說道。

「但是蓮同學，你是停不下來的，因為你已經找到了嘛。」

語畢，她頭也不回地走向公園的出口。

「我很期待你的電影唷！」

停不下來，無法停下腳步。

香澄點燃的火焰延燒到我身上，那微弱的星火熊熊燃燒起來。

「怎麼可能停下腳步？」

就是這樣。畢竟我一直以來都想要像這樣，無比認真地活著。

我的腦袋頓時豁然開朗。

彷彿把諸如人際關係、評價、時間這些多餘之物都剔除掉般。

我奔跑著回家，慌忙地啟動電腦。

接著開始滑動游標。就是這樣，拚上一切吧。別輕易試圖放棄。

即便想不到任何點子，也要絞盡腦汁想出東西來。

因為，我已經無法安於現在的自己了。

「…………！」

我翻開攝影教學的書。儘管追不上她的背影，但我也不想停下。雖然我的剪輯技巧很拙劣，但是隨著電影逐漸邁向完成，讓我無法止住自己的興奮，激動不已。

無論面對電影還是自己，我都想要再加把勁，想更鍾愛這一切。

無論是誰——即便是觀眾、香澄，抑或我自己——都無法扭曲這份心情！

雖然過程遠比我先前夢想的還要不優雅、不起眼、不輕鬆，但當我回過神來，卻面露著笑容。

「唔～～讚啦！做好了！」

儘管距離完成尚有一段路，也還需要再多加調整，但是我總算打造出想像中的雛形了。

我在香澄登場的幕中大膽地加了一些鏡頭，大幅度重新剪輯了整部電影，並把作品寄給香澄。

僅僅過了三秒，訊息欄的旁邊就出現已讀。

『謝謝，我馬上看。』

「妳到這個時間還醒著等我喔……」

時間是早上五點。我們幾乎整晚沒睡。

在那之後過了三十分鐘。睡意絲毫沒有湧現的我一直按捺著興奮，等待香澄的感想。此時手機傳出了通知聲。

『很有趣。』

香澄給出的感想只有一句話。

卻比任何讚美都要令我高興，高興得讓我流出了一些眼淚。

這樣的一句話，令人宛如得到救贖。

「可惡……到底是怎樣啦……」

我自己也感到莫名其妙，但眼淚就是止不下來。

明天到學校，我一定要親口跟香澄說這件事，讓她第一個知道。

——我總覺得，自己終於找到了真正的目標了。

於是，終於到了文化祭當天——

「不行了，我要吐了。」

「蓮同學，冷靜一點。」

「我真的不行了，緊張到想吐。」

要是都沒有人來看怎麼辦？

琴乃的劇本那麼棒，要是因為我而變成糞作怎麼辦？

昨天靠著腎上腺素驅散的緊張情緒，在當日一早襲捲了回來。

電影這種東西在上映期間，會剝奪觀眾們所有的時間——這個事實其實相當可怕，因為他們被剝奪的時間全都必須由我負責。

但那是一種覺悟，也是喜悅。這些我都懂。

我只是緊張得快要吐出來而已。

然而現況彷彿要顛覆我的不安。因為事前在文化祭開始之際宣傳過「這是香澄美瑠就讀的班

級」，我們班開設的「同班同學電影院」在電影上映的當下就已經高朋滿座了。

「……………真是奇蹟。」

「所以我不是說了嗎？這是必然的結果。你以為這是誰寫的劇本，又是誰出演的電影呢？」

「是琴乃跟香澄。」

「沒錯。所以請多相信我們一點好嗎？除了我們，還要多相信你自己一點。」

這是我跟琴乃的對話。她安慰了瑟瑟發抖的我，只是有時會參雜一些苛薄的言詞就是了。

我擔任驗票員，香澄則姑且戴上口罩變裝，然後躲在教室後方負責操作器材。她的位置沒辦法直接看到觀眾席，不過聽到——原本都在談論香澄美瑠的——觀眾們漸漸安靜下來，她開心得用LIME跟我互傳勝利姿勢的貼圖。

看完電影後，作為觀眾到場的學生們紛紛說著：「原本是來看米露菲的，但是電影比想像中的好看。」「三班也太強了吧？」之類的話回去。看到他們那個樣子，真的有夠、有夠……！

「……柏木同學，你那是什麼表情呀？」

「…………」

「哎唷喂呀，別哭啦！」

「我才沒哭！」

只是有灰塵跑進眼睛裡而已。

看了我們的作品，能對我們說一聲：「好好看。」光是這樣，我的心裡就暖洋洋的，感覺至今為止的努力全都有了回報。

而且，聽到他們誇獎的並非「前偶像」香澄，而是「二年三班」的香澄，更讓我歡喜不已。

我想盡辦法冷卻發熱的眼眶，用LIME傳了一條「我們成功了！」的訊息給香澄，然後回到驗票的崗位上。

文化祭才剛開始而已。

我還想把我們的作品，讓更多、更多的人看到。

我們要遙遙領先取得優勝，讓他們無法對我們說：「都是仰仗香澄的力量。」

「我說啊，你們兩個不休息怎麼行？」

「「……嗯？」」

舞菜對我跟香澄如此表示。由於客人們絡繹不絕，我們暫時關閉教室，進入午休。

「你們兩個一直在值班不是嗎？差不多該去休息了吧。」

「欸？可是美瑠一點也不累……」

「對啊對啊，我們是喜歡才做的耶。」

我們不拿薪水，拜託讓我們工作。

「就是這樣才不行呀！你們這些委員還真的都是些工作狂耶！我知道你們會擔心，也知道你們想看到觀眾的反應，可是人家也希望你們能把工作交給我們處理啊。」

因為我們無論如何都打算一直工作下去，班上的同學們基於溫柔，才會嚴厲要求我們休息。

「如果狀況忙得不可開交，我們會打電話給你們其中一人啦。你們兩個一起去享受文化祭吧。」

照這個走向來看，只能認命把事情交給他們了。

我們倆互看一眼，點了點頭。

「那我們就去繞個一圈……有什麼事情隨時可以打電話來。」

「說好了唷。我們還想繼續工作耶。」

「知道了啦。啊，對了，米露菲，這個借妳。」

「……這是什麼呀？」

香澄從舞菜手中拿到一頂黑色報童帽，那是一頂能夠遮住整張臉的大帽子。

「長相暴露的話會引起騷動對吧？所以妳就戴這個去逛吧。」

「遵命～！我最喜……謝謝妳。」

「沒事啦，儘管有蓮跟著，但我們班的公主要是遇到什麼麻煩，我們也會很不好受嘛。」

「我還是要跟妳道謝，最喜歡妳了！」

「不客氣。雖然已經聽習慣了，但是一頂帽子就能得到一聲『喜歡』，未免也太划算了吧。」

「不對哦，跟帽子沒有關係，我是因為喜歡妳才說出來的。」

「～～啊——！討厭！我要是男生就淪陷了啦！你們給我快去快回！」

「呵呵，我們走嘍。」

我先一步走向出口。香澄戴上報童帽，跑到我的身邊。

「還是澄清一下好了，剛剛的不是口頭禪唷。」

我用看的就知道了…………話說回來，妳是什麼時候開始跟舞菜處得那麼好的？然而直接問就太白目了，還是不問為妙。女生之間的友情實在是高深莫測。

「……我可沒有發表任何意見喔？走吧。有想去看看的地方嗎？」

「總之先去吃可麗餅跟章魚燒，還有……」

「好，懂了。總之食物優先。」

我們開著玩笑，化身為文化祭美食獵人，一邊看校園地圖一邊邁開步伐。此時香澄又說：

「啊——全部都吃一輪的話，時間夠不夠呀？」

「攤位分布得挺零散的，要分頭去逛嗎？我們買好對方的那一份，再找個地方集合。」

「嗄？我才不要。」

香澄的臉像河豚一樣鼓起來了。
好啦好啦，知道了啦。
「那我們同時說出想要吃的品項，如何？」
「咦～～！等一下，我每個都想吃啦！」
這個女生怎麼會這麼嘴饞啊？
此時卻有人對發出呻吟煩惱的香澄伸出援手。
「……不嫌棄的話，這些你們要吃嗎？」
「「咦？」」
沒錯，正是琴乃大人。
「你們兩個工作得跟拉車的馬一樣，我才想說要買東西犒勞你們。我有多買一些唷，因為我比你們還要早下班嘛。」
「妳是神嗎……？」
草莓糖葫蘆、珍珠奶茶、炒麵，章魚燒與可麗餅當然也沒漏掉——琴乃兩手抱滿了食物。她打開其他班級的教室大門，這間教室現在沒人使用。
「我們用這間教室吧，反正現在剛好沒有人。」
「欸？可以用其他班的教室嗎？」

「我是覺得沒關係啦，雖然也不敢斷定就是了。」

「說好的優等生跑去哪了……？」

「這個給妳，香澄同學可以把某個笨蛋的份也吃光唷。」

「耶咿～！」

「啊琴乃大人，請不要捨棄我！」

午餐都擺在眼前了，我還能多抱怨什麼呢？

我們找了張沒有擺東西的桌子，把堆在教室角落的椅子放下，羅列起琴乃買來的戰利品。

這幅光景，正是文化祭的特色。

「「「我要開動了～！」」」

「欸，你們兩個吃東西的樣子也太猛了吧。」

雙手合十後的瞬間，我們隨即伸手搶食物，琴乃見狀不禁嗤嗤地笑了出來，就好像監護人……不對，宛如菩薩一樣。

「妳要是一不留神，東西就會被香澄給吃光唷。」

「蓮同學也一樣吧～章魚燒已經剩不到一半了。」

「怎麼會？這不是我買的嗎！」

吃得一乾二淨。超爽。

「真是太感謝琴乃了。要是沒有妳，我們絕對會來不及的。」

「在說什麼啊？你們兩個吃那麼快，現在還剩很多時間呢。」

「這個是……欸，是結果論啦。」

被迫無法慢慢享用的琴乃看起來有點不滿。但是多虧了她，我們還剩下很多時間。

「那再休息一下就回教室吧。」

「說的也是～就這麼辦。」

「還要回去？咦，你們從早就一直值班到剛剛了吧？」

琴乃滿臉的不可置信。

「是沒錯啦。但是我做得很開心呀。」

我從來沒想過，自己有朝一日能說出這句台詞。

我想要快點看到觀眾們的反應，想要快點回到那個充滿熱情的空間。

這也是沒辦法的事。打從被香澄推了一把的那天以來，腦海中的聲音就一直響個不停。

不過是身體上的疲勞罷了，犧牲一點體力而已，絲毫不需要計較。

「美瑠可是被牽連的唷。不過我本來就擔心長相會暴露，不能逛文化祭就是了。」

香澄說了句：「真拿你沒辦法。」把手搭在我的肩上。

「下次請我吃章魚燒就行嘍。」

「喂。」

妳那麼中意章魚燒喔?那乾脆自己買啊。

看到我們兩個幹勁十足,琴乃的眼睛睜得圓圓的。

「我從未想過,有朝一日能從柏木同學口中聽到這樣的話。」

「我自己也是。人生會發生什麼事真的難以預測耶。」

「真的,你整個改變了呢——充滿挑戰精神的怪物。」

「為什麼要故意翻出那個稱呼?」

給我快點忘掉啦!!

琴乃小聲地笑了幾聲,隨即站了起來。

「我差不多要到社團露個臉了。」

「你們有開什麼店嗎?」

「當然。花道社開設了花道體驗教室,可以當場學習插花。我們做得相當正式唷。」

還真厲害。

看到我打從心底欽佩的模樣,琴乃笑了出來。

「不過柏木同學已經變成電影狂人了,應該不屑來吧。」

「……我有哪裡惹到妳嗎？」

「沒有呀。能做自己喜歡的事真好…………我只是這樣想而已。」

琴乃講到一半欲言又止，像是要敷衍過去般地開始收拾東西。

「那我們待會見嘍。」

她徑直走出教室。於是我也對香澄說：「我們也差不多該回去了吧。」卻得到她的一句反問。

「……你也有找琴乃商量嗎？」

「商量什麼？」

「你的事啊。剛剛你們不是說了充滿挑戰精神的什麼的。」

不知為何，香澄有點不高興地說道。

「沒有啦。琴乃知道我在國中時期挑戰了很多事物，最後卻又放棄，才會多少對我的狀況有些掌握吧。我主動商量的對象只有香澄妳而已。」

「…………喔～這樣啊。」

聽完我的說明，香澄露出安心的笑容，含糊不清地說：「好險好險要是她是我的對手就笑不出來了……」

「……對手？」

「我在自言自語啦！」

當我問她：「所以怎麼了嗎？」她也只回了一句：「沒事啦！」堅決不把話說清楚。

香澄該不會以為自己在我們共同戰線的地位，會被琴乃給取代吧？

住手，不要為了我吵架…………開玩笑的。當然是說笑的，這種事怎麼可能發生嘛？

「拜拜！待會見嘍！」

香澄的心情變得出奇地好，踩著小跳步回去自己的崗位。

「各位，慶祝我們三班獨占鰲頭，乾杯！」

「「「乾杯！」」」

我們在文化祭獲得極大成功。某種意義上來說這是理所當然的成果，但是得票數遙遙領先的我們依舊在當天回家時，全班一起開了慶功宴。

令人驚訝的是，這次全員到齊。

地點是卡拉ＯＫ。會選擇卡拉ＯＫ是因為——這裡有包廂，香澄的身分不會暴露，以及可以唱歌，又能點餐來吃，況且還能使用飲料吧，對學生來說相當實惠。

「蜂蜜吐司要點幾份？五份夠不夠？」

「太少了吧。點個十份應該吃得完啦。」

乾杯結束後，大家立刻拿起菜單，開始大量點餐。

文化祭的優勝獎品是五萬日圓的消費券，我們企圖在這裡用光它。

「我們真的贏了耶。」

「就是說啊，超爽的啦。那些在背地罵我們的傢伙就隨他們罵吧。」

「沒錯。所謂的勝者是不會回首過往的啊～！」

「這句話說得不錯嘛～～！」

「我要來高歌一首嘍～！」

勝利後，大家的情緒都高漲到有點奇怪。

「不對啦，在那之前要來聽聽我們班文化祭委員的致詞啊。」

「哦？交給我嗎？」

「才不是你～～！」

「不需要你來講啦。」

「我們只要可愛的那個文化祭委員致詞就好了。」

眾人如是說。儘管被宣告「不需要你」讓人有點難過，但我的確也沒什麼事想跟大家說，於是我退開一步，把麥克風交給香澄，然後坐到最近的沙發上。

「來，麥克風。」

「……咦？」

「沒問題！只要一句話，人家就滿足了！」

「一句話？該、該說什麼！」

「這時候就是要喊一下啊！」

「咦？咦？」

「好，請吧！」

「三、三班超讚——！」

香澄困惑著發表的宣言，讓全班的氣氛更加熱烈。

「我最喜歡三班的大家了——！」

現在，已經沒有人會嘲笑這句話，也沒有人會因此昏倒了。

「嗯，我們知道～！」

「人家也最喜歡美瑠了！」

「喂，不要哭啦。」

看到同學們溫暖的回應，香澄滴答落下眼淚，哭了起來。

「各位，我真的……好喜歡你們……」

可是，她看起來真的很高興。

「……太好了。」

說出一反自身形象的熱血發言，融入了班級，感動得眼淚潰堤。

香澄已經是我們的「同班同學」了。

我微微瞇起眼睛，看著幸福地笑著的香澄。

——蓮同學，你「今後的人生」全都給我吧！

腦中忽然回想起這句話。

從明天開始，我也必須認真面對電影才行。

因為這次的事，我終於注意到了。

並非喜歡才想做，而是拚命去做了才會喜歡。只是獨善其身地想著要喜歡某樣東西，勢必無法找到真正的目標。

不是跟別人，而是跟香澄在一起的話，我就能更加、更加喜歡上這些事物。

「各位！今天要來大唱一番啦！」

我往自己的臉頰拍了下去，為自己再一次鼓足幹勁。

在卡拉ＯＫ唱到喉嚨沙啞後，我們踏上回家的路。

香澄說她還有事情想做，於是我們來到——已經變成固定集合地點的——那座有觀景台的公園。

「嗯嗯～～！從這裡望去的景色果然是最棒的！」

「就是啊。而且又很空曠，有種『終於解放了』的感覺。」

「對啊，就跟你說的一樣。」

我們互相對視一眼，放鬆地吐了口氣，然後把買來的汽水從袋子裡拿出來。

說實在的，我的胃一直都很痛。沒錯，一直都在隱隱作痛著。

昨天晚上也是，今天早上也是。因為我明顯吃得很少，甚至讓父母擔憂起我的身體狀況。

不過還好啦，文化祭委員的生活這下也告一段落了。

「來吧！為拚命努力的我們乾杯！」

「乾杯！」

我們鏗地把鋁罐碰撞在一起，然後把汽水往嘴裡送。

氣泡在口中彈跳破裂的感覺，真的很爽快。

「透心涼啊～」

「透心涼耶……」

「我們是不是因為文化祭的勞頓而老了好幾歲啊？」

「啊哈哈。感覺跟在巨蛋開演唱會不一樣，用的好像是別段神經呢。」

我們閒聊著沒意義的話題，就這樣眺望從這裡看出去的景緻，過了一個多小時。

「話說回來，時間過得好快。上上星期你明明才在這裡抱頭苦惱。」

「要提這件事的話，妳自己不也……」

「啊，這個話題就算了。對我太不利了。」

不知道從什麼時候開始，我們幾乎沒有談天。

只是回憶著經歷的種種事件、跨過的諸多困難——我感慨地說了聲：

「天空好漂亮。」

時值初夏，太陽西沉的時間也逐漸變晚。今日的此時，即便到了傍晚五點，天空也明亮得宛如盛夏一般。

而天際漸漸轉變成靛藍色的景象，同樣美得難以言喻。

「…………不要光看天空。你可以看美瑠呀。」

「不是啊，妳自己看嘛。真的很漂亮。」

「…………………不要！」

「哇！」

抬頭仰望著的天空，頓時染上一片櫻花色。

看來她是在我沉醉於天空之際，繞到我的背後了。

「你看，這樣就能獨占美瑠我了唷。」

「哇喔～太讚了吧～～」

「講話帶點感情啦…………也太難纏了吧。」

香澄抱怨道。她將手抽離我的肩膀，接著說：

「欸，拍張照片留念好不好？」

語畢，她從書包裡拿出一台造型圓滑的相機。

「這個叫做check it（註：富士軟片所生產的拍立得相機「instax」的暱稱），是拍立得相機，可以當場印出照片唷。」

「我知道，是偶像們常常拿來拍照的東西吧？但是為什麼要現在拍？」

如果要當作文化祭的紀念，在教室拍不就好了嗎？

「因為我想在這裡拍嘛。這裡是我跟你相遇的地方呀。」

「…………原來如此。」

回想起剛相遇的時候，香澄真的改變很多。

不過從她會在這種時候想到要拿check it拍照來看，感覺米露菲的習性還沒有完全抹除。但我並不討厭她這種笨拙的性格就是了。

「好啊，來拍吧。」聽到我同意，香澄露出燦爛的笑容。她似乎打算自拍，把鏡頭朝向了我們這邊。

「三。」

「欸，等等啦，要擺什麼姿勢？」

「二～」

「妳怎麼自己比了愛心啦！那個要怎麼比？」

「呵呵，一。」

啊真是的，這種時候只比得出Ｖ字，我會的手勢也太少了吧，好討厭！

「ＯＫ，拍好了！」

香澄開心地抽出從相機上方跑出來的照片，接著又從書包裡抽出一支奇異筆。

她在上面寫了些什麼以後，呼～地吹乾墨水，把照片秀到我面前。

照片中有著洋溢幸福微笑的香澄，以及神態莫名緊張的我。

我順勢往香澄寫下的文字看去——

「嗯？什……………！」

「哈哈哈，原來蓮同學對這種老把戲沒有抵抗力呀～」

這個瞬間，我好像被握住了心臟一般，吸不了空氣。

「……被妳擺了一道。」

我又看了她手中的check it相片一眼。

『我最愛你了！今後也要一直在一起唷！』

照片上，她用粉紅色的文字寫上這麼一段話，還加了一堆愛心在上面。

「……妳這傢伙……」

她該不會以為對象是我，就可以隨便耍這些心機的小動作吧？當我絕對不會誤解這番話嗎？

就算她講的「愛」幾乎與感謝同義，也別這樣好不好！！

真要說起來，她雖然有夠麻煩，卻依舊是個超級可愛的女孩子。跟美少女單獨在公園裡，就算是我也不可能不會小鹿亂撞吧！

「呵呵，蓮同學的臉都紅了。」

「…………妳才是。」

「咦！騙人的吧？我怎麼可能會臉紅啦！」

「妳的臉超紅的。哦～？平常愛耍小心機，到處喜歡喜歡地對人亂告白的香澄同學，居然也會臉紅？」

「…………………咦？」

「唔～～因為…………『我愛你』這種話，我還是第一次講……」

「而且這不是偶像的工作，我是講認真的！」

我的眼前站著滿臉通紅、淚眼汪汪、講話支支吾吾的國民偶像……

「「…………」」

這樣的她所說的，真的是代表感謝的「喜歡」嗎？

一旦思考起這件事，就連我也頓時啞口無言。我們兩個互相注視對方好幾秒。

再靠近一釐米就能夠碰觸到對方的距離，是如此地令人難耐，多麼地令人難為情。

「……我還有一件事……想要跟你說。」

香澄結結巴巴地說，然後往——為了不讓人掉下去而設置在公園邊緣的——柵欄的方向走近一步。

微風夾帶著夏日的氣息，香澄美麗的髮絲在風中搖曳著。

「謝謝你找到我。」

那是個讓人不禁想要永存下來的畫面。
是一抹宛如櫻花的花瓣般，鮮明而夢幻的微笑。

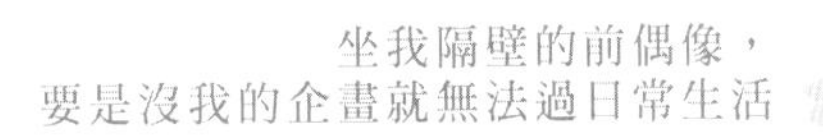

後記

各位初次見面，或者該說好久不見。

在下是飴月。

非常感謝讀者們能拿起本書閱讀。

因為我本身相當喜歡偶像，每天都從偶像身上獲得了莫大的力量，所以能以當偶像的女孩為題材撰寫故事，真的讓我無比開心。

況且這次還能一口氣寫下三個麻煩女孩的故事，著實讓我深感幸福。

畢竟麻煩的女生最可愛了，對吧？（深信不已）

話說回來，各位有看過偶像演唱會的幕後花絮嗎？

我第一次看幕後花絮時發現，雖然偶像一直以來總是讓我們望見她們閃閃發光的樣子，卻會在表演中唱跳到缺氧，有時還會在貼紮之後再度回到舞台上。看到她們拚命努力的模樣，真的令我相當驚訝。

因為在演唱會的影片裡，她們始終表現出精力充沛的一面，完全不會讓人留意到疲憊的模

樣。

在那以後，我看待偶像的態度就不一樣了。

得知了她們的努力、毅力與態度，讓我更加喜歡她們。

儘管我沒有當過偶像，無法完全理解她們的心情，但是這些女孩們為了粉絲犧牲自己與時間，散發動人奪目的光采，我總覺得要是能夠把她們耀眼或內心重要的部分，或多或少凝聚在「香澄美瑠」這個角色上，那就太好了。

最後，請容我在此致謝。

感謝編輯，從零開始與我一同創作作品。

感謝美和野らぐ老師畫出婀娜多姿、色彩鮮明的插圖。

感謝校稿人員替我修正因為太多雙重視角，出現致命錯誤的原稿。

感謝印刷廠的各位與業務們，以及與本作出版相關的所有人們。

還有現在正閱讀著後記的您，本人打從心底致上謝意。

真的真的非常感謝大家。

誠心希望還能再與大家相會。

二〇二二年四月　飴月

砂上的微小幸福

作者：枯野瑛　插畫：みすみ

「邪惡的怪物應該消失。你的願望並沒有錯喔。」
這是某個生命活了五天的故事——

商業間諜江間宗史因任務而與女大生真倉沙希未重逢，卻被捲入破壞行動。祕密研究的未知細胞救了瀕死的沙希未。名喚「阿爾吉儂」的存在寄生於其體內，以傷勢痊癒後歸還身體前的期間為條件，與宗史生活在同一屋簷下……

NT$270/HK$90

繼母的拖油瓶是我的前女友 1~10 待續

作者：紙城境介　插畫：たかやKi

「我想……再獨占你一下下，好不好？」
復合的兩人展開同住一個屋簷下的全新日常！

再次成為情侶的結女與水斗談起了祕密戀愛，同時卻也對這種無法跨越「一家人」界線的環境感到焦急難耐。沒想到雙親決定在結婚紀念日來個遲來的蜜月旅行……但主動開口不就是輸了？帶著羞怯與自尊，這場毅力之戰會是誰輸誰贏？

各 **NT$220~270/HK$73~90**

義妹生活 1~7 待續

作者：三河ごーすと　插畫：Hiten

「追求自我本位的幸福。」
兩人逐漸登上從「兄妹關係」通往情侶的階梯……

隨著與悠太的距離持續縮短，沙季雖然對「彼此的關係要受所有人歡迎有多困難」這點有所體悟，依舊渴望與他有更多互動。然而儘管身處特別的日子，兩人在外卻難有情侶的交流，反而更加感受到距離……最後，總是壓抑自身心意的兩人採取了某種行動——

各 **NT$200~220/HK$67~73**

身為VTuber的我因為忘記關台而成了傳說 1~6 待續

作者：七斗七　插畫：塩かずのこ

衝擊的VTuber喜劇，
傳說與傳說硬碰硬的第六集！

在「三期生一週年又一個月紀念直播」完美落幕後，傳說級的VTuber「星乃瑪娜」居然邀請淡雪參加她的畢業直播！眼見要與尊敬的Ｖ進行合作，淡雪在感到緊張之餘也決定全力以赴。在這段過程中，淡雪因為微不足道的契機而面對起自己的「家人」——

各 **NT$200~220/HK$67~73**

你喜歡的不是女兒而是我!? 1~7 完

作者：望公太　插畫：ぎうにう

獻給所有年長女主角愛好者的
超人氣年齡差愛情喜劇，終於完結！

我和阿巧在東京同居的這段時間……不小心有孩子了。突如其來的懷孕，把我們的關係連同周遭其他人一口氣往前推進。即使如此，一切仍舊美好。各種決定、各自的想法、無法壓抑的感情。懷著許多回憶與決心，彼此的結局將會是──

各 **NT$200~220/HK$67~73**

倖存鍊金術師的城市慢活記 1~6 完

作者：のの原兎太　插畫：ox

這是居住在魔森林的精靈與魔物，以及人類之間的故事。

　　對吉克蒙德失去信任的瑪莉艾拉從「枝陽」離家出走。就像是要「回老家」似的，瑪莉艾拉為了尋找師父芙蕾琪嘉，與火蠑螈及「黑鐵運輸隊」一同前往「魔森林」。然而……

各 NT$260~300/HK$87~98

因為女朋友被學長NTR了，我也要NTR學長的女朋友 1~3 待續

作者：震電みひろ　插畫：加川壱互

餘情未了？別有所圖？
以選美比賽為舞台，前女友即將展開報復？

在蜜本果憐的安排下，燈子被迫參加校內選美大賽，卻意外陷入苦戰。優提議以燈子罕為人知的可愛一面來博取支持，結果又是做菜又是穿泳裝，甚至還得展現令人難以想像的一面？兩人被前女友來襲的狀況耍得團團轉，戀情究竟會如何發展？

各 **NT$220~250/HK$73~83**

一點都不想相親的我設下高門檻條件，結果同班同學成了婚約對象!? 1~6 待續

作者：櫻木櫻　插畫：clear

戀愛觀的差異，使由弦和愛理沙之間產生隔閡——
假戲成真的甜蜜戀愛喜劇，獻上第六幕。

某天，愛理沙瞞著由弦，開始在他打工的餐廳工作。由於事發突然，由弦為此困惑不已，試圖詢問愛理沙打工的理由，但她堅持不肯透漏。正當他懷著複雜的心情之際，卻忽然被愛理沙塞了張電影票，趕出家門……

各 **NT$220~250/HK$73~83**

幼女戰記 1~12 待續

作者：カルロ·ゼン　插畫：篠月しのぶ

世界啊，刮目相看吧！膽顫心驚吧！
我——正是萬惡淵藪。

歷經愛國心的潰壞，以及殘酷現實的擁抱，傑圖亞正試圖架構一個成為「世界公敵」的舞台。比起語言、比起理性，單純地帶給世界衝擊。身為連逃奔死亡也做不到的參謀本部負責人，傑圖亞所圖的，是「最好的敗北」……

各 **NT$260~360/HK$78~110**

救了想一躍而下的女高中生會發生什麼事？ 1~4（完）

作者：岸馬きらく　插畫：黒なまこ　角色原案、漫畫：らたん

塑造出結城祐介的過去及一路走來的軌跡終將明朗。
加深兩人愛情與牽絆的第四集——

寒假第一天，兩人接受結城母親的邀請，前往結城老家。神色緊張的小鳥第一次見到了結城性格爽朗的母親，以及與哥哥截然不同，總是閉門不出的弟弟。不僅如此，甚至還出現一個宣稱自己喜歡結城的兒時玩伴……？

各 **NT$200~220/HK$67~73**

藥師少女的獨語 1~12 待續

作者：日向夏　插畫：しのとうこ

雀的真面目終於即將揭曉。但是……
貓貓究竟是否能夠平安返回中央？

西都的戰端以玉鶯意外遇刺而迴避，卻陷入群龍無首的困境，壬氏只得不情不願地處理當地政務。某天，有人請託壬氏教導玉鶯的兒子們學習西都政事，誰知其長子鴟梟卻是個無賴漢。而其餘二人也從未受過繼承人的教育，令貓貓大感頭疼。然而——

各 NT$220~300/HK$75~100

轉生後的我成了英雄爸爸和精靈媽媽的女兒 1~8 待續

作者：松浦　插畫：keepout

為了保護重要的人，
必須全力抓住自己期望的未來！

我是覺醒為下一代女神的精靈艾倫。爸爸跟變成魔物風暴核心的艾米爾對峙，結果命在旦夕！而賈迪爾為了保護我，也受到瀕死的重傷！幕後主使是鄰國海格納的國王杜蘭。竟敢對我重要的人們下手，非讓你好好付出代價不可！

各 **NT$200~240/HK$67~80**

青春與惡魔 1 待續

作者：池田明季哉　插畫：ゆーFOU

那天晚上，我的青春伴隨著「火焰」，
傳出初啼——

為了取回忘記帶的手機，在原有葉潛入夜晚的學校，在屋頂遇見了熊熊燃燒的美少女——伊藤衣緒花而受她威脅，只得對她言聽計從。隨著對彼此的了解增加，他發現看似完美的衣緒花，其實也懷著深沉的煩惱……遭「惡魔」附身的青春，究竟會如何落幕？

NT$240/HK$80

國家圖書館出版品預行編目資料

坐我隔壁的前偶像,要是沒我的企畫就無法過日常生活 / 飴月作 ; 陳柏安譯. -- 初版. -- 臺北市 : 臺灣角川股份有限公司, 2023.12-

冊 ;　公分

譯自 : 隣の席の元アイドルは、俺のプロデュースがないと生きていけない

ISBN 978-626-378-289-1(第1冊 : 平裝)

861.57　　112017361

Kadokawa
Fantastic
Novels

坐我隔壁的前偶像，要是沒我的企畫就無法過日常生活 1

（原著名：隣の席の元アイドルは、俺のプロデュースがないと生きていけない）

2023年12月21日　初版第1刷發行

作　者：飴月
插　畫：美和野らぐ
譯　者：陳柏安

發 行 人：岩崎剛人
總 編 輯：蔡佩芬
編　　輯：邱璨萱
美術設計：李思穎
印　　務：李明修（主任）、張加恩（主任）、張凱棋

發 行 所：台灣角川股份有限公司
地　　址：104台北市中山區松江路223號3樓
電　　話：（02）2515-3000
傳　　真：（02）2515-0033
網　　址：www.kadokawa.com.tw
劃撥帳戶：台灣角川股份有限公司
劃撥帳號：19487412
法律顧問：有澤法律事務所
製　　版：尚騰印刷事業有限公司
ＩＳＢＮ：978-626-378-289-1